唐代文學研究叢稿

戴偉華著

臺灣學生書局印行

序

本書收論文八篇，內容分爲三類。第一、二兩篇爲一類，是關於拓展中國古代文學研究領域的思考，第一篇闡述了墓誌在文學研究中的用途，認爲墓誌不僅是文學研究的直接對象，而且是研究文學的重要參考文獻，并說明出土文物在研究中的重要性；第二篇從以文人佔籍爲例的地域文化、科學和使府爲例的社會制度、唐人選唐詩爲例的文化典籍、編纂爲例的文化行爲諸視角論述了文人空間排序在古代文學研究中的意義，認爲其在作家群體研究中具有廣闊的前景。第三至第六篇爲一類，則是在大文化背景之下對具體文學現象和作家作品的分析，三、四兩篇討論盛唐社會文人入邊的實際，指出盛唐文人入邊幕是個別的行爲，并在此背景下重新分析岑參邊塞詩風格特徵形成的原因；五、六兩篇則論述唐代南貶詩人的共同創作傾向的形成緣於地域文化和歷史傳統，由此闡述柳宗元貶謫期間的創作心態。七、八兩篇也是一類，第七篇是給王昆吾先生的《隋唐五代燕樂雜言歌辭研究》寫的書評，藉此闡述了自己對文學研究方法的看法，認爲在古代文學研究中應力求文史貫通，在相鄰學科之間尋找事物的聯繫，以便更好地去解決文學問題。第八篇是對自己的著作《唐方鎮文職僚佐考》的補訂，意在告誡自己在學術研究的道路上要不斷努力，不斷完善。彙集此書的目的，是想藉以求教於同行專家，使自己的研究水平不斷提高。同時，也爲教學和研究提供參考的便利。

學生書局提供了此書出版的機會，游均晶女士爲此書編輯做了非常細緻的工作，在此一併表示誠摯的謝意。

一九九九年二月 **戴偉華** 序

唐代文學研究叢稿

目錄

出土墓誌與唐代文學研究

唐代墓誌的出版，先後有《千唐誌齋藏誌》（文物出版社一九八三年出版）、《隋唐五代墓誌彙編》（天津古籍出版社一九九一年出版）、《唐代墓誌彙編》（上海古籍出版社一九九二年出版）幾種，前兩種爲拓本，後一種爲整理本。墓誌作爲重要的出土文獻，越來越受到研究者的重視，利用墓誌解決了文學史上許多重要問題。墓誌多以散文記敘死者姓氏、籍貫、生平，繫之以銘，故又稱墓誌銘，銘則以韻文概括全篇，是對死者的贊揚、悼念之詞，此爲常式。因爲墓誌是埋在壙中，以防陵谷之變遷，與神道碑立於墓前供人觀看，其用意微有不同。墓誌的制作，始於東漢，宋洪適《隸釋》卷十三載章帝建初二年《張賓公妻穿中二柱文》，即壙中之物，清光緒末嶧縣所出延熹六年《臨爲父作封記》，也是壙中之物，可視爲後世墓誌的權輿，誌墓之風實始於東漢之初，曆魏、晉、宋、齊、梁、陳皆有行之者。然其時立石有禁，故磚多石少。北朝魏齊之際，此風最盛。隋唐以後，遂著爲典禮。《全唐文》收有大量墓誌，拓本《隋唐五代墓誌彙編》，洋洋巨制。「唐墓誌流傳獨多，式亦最備。」（以上均參馬衡《凡將齋金石叢稿》，中華書局，一九七七年十月，頁八九）唐代墓誌對唐代文學研究有相當大的作用，墓誌不僅是文學研究的直接對象，而且是研究文學的重要參考文獻。

一、墓誌是文學研究的直接對象

墓誌爲全唐文的一個組成部分，今人整理全唐文，作《全唐文》補編，其中佔比例最大者莫過於墓誌。周紹良等編纂的《唐代墓誌彙編》就收有墓誌三千六百餘方，其中的極小部分與《全唐文》重復，是因爲其文字間有出入并具有參考價值。從墓誌的載錄看，唐代散文作者除《全唐文》三千餘人外，尚可增補千餘人。這是一個龐大的散文作家隊伍。

從文學自身的藝術價值考慮，無庸諱言，《全唐文》基本上反映了有唐一代的散文風貌，而出土墓誌中不少作品因出自陋儒淺人之手，有的文字不暢，有的敘述繁冗。但值得我們重視的是，在印刷術尚未施行於文人詩集文集的唐代，藉物質形態以傳的文學資料，數量之多要算敦煌寶卷和出土墓誌了，這是多麼珍貴的文學遺產。大量的墓誌和他們作者的留存，有助於人們去認識唐代的文化特徵和尚文的社會風貌，墓誌的文學價值和文學研究的意義不容忽視。

第一、墓誌可補時有文名而未有散文作品留存者

唐代人文昌盛，詩人散文家輩出，而一些史載其長於文學者，卻不見作品留存，《舊唐書》卷一七七《畢諴傳》載：「自大中末，黨項羌叛，屢擾河西。宣宗召學士對邊事，誠即援引古今，論列破羌之狀，上悅。」畢諴當爲一議論高手。又云：「長於文學，尤精吏術。」

《唐語林》卷三載：「畢相諴家素貧賤，李中丞者，有諸院兄弟與諴熟。諴至李氏子書室中，諸子賦詩，諴亦爲之。頃者，李至，觀諸子詩。又見諴所作，稱其美，諴初亦避之，李問曰：『此誰作也？』諸子不敢隱，乃曰：『某叔，頃來畢諴秀才作也。』諴遂出見，既而李呼左右責曰：『何令馬入池中踐，浮萍皆聚，蘆荻斜倒？』怒甚，左右莫敢對。諴曰：『萍聚只因今日浪，荻斜都爲夜來風。』李大悅，遂留爲客。」畢諴所對，體現其文才和機敏，這一對句也是畢諴唯一傳下來像詩的句子。像畢諴這樣名重一時的文人，賴出土墓誌保存了一篇他撰寫的完整墓誌：《唐故朝請大夫尙書刑部郎中上柱國范陽盧府君墓誌銘并序》（《唐代墓誌彙編》頁二二九九，以下引用此書只出注頁數），墓主葬期是大中六年二月二十三日，撰人畢諴結銜爲「翰林學士朝散大夫守中書舍人上柱國」，畢諴大中四年二月十三日自職方郎中兼侍御史知雜事充翰林學士，大中六年七月七日授權知刑部侍郎出翰林院。

第二、墓誌可補重要詩人無文留存者

一些以詩名世的文人，無一文存世，現在我們在出土墓誌中發現他們撰寫的墓誌，這對研究詩人的生平事跡和創作是非常重要的資料。如韋應物，詩歌創作成就傑出，卓然一大家，除《全唐文》收其一篇賦作《冰賦》外，無一散文傳世，《千唐誌齋藏誌》存有韋應物作《大唐故東平郡鉅野縣令頓丘李府君墓誌銘并序》拓本（頁一七五八—一七五九載錄），此參傳璇琮先生《唐代詩人叢考》五三二頁。李頎，盛唐重要詩人，《河嶽英靈集》云：「頎詩發調既清，修辭亦秀，雜歌咸善，玄理最長。」但無散文存世，河南洛陽出土的《唐故廣陵郡六合縣丞趙公墓誌銘并序》，系李頎所撰（《隋唐五代墓誌彙編・洛陽卷》第十一册，頁一五三）這至少有助於人們比較全面去認識一個作家。

第三、墓誌可補反映文人風格的重要散文作品

這一類作品固然不多，但一旦出現就具有相當重要的意義。《舊唐書》卷一九〇《文苑中》云富嘉謨、吳少微的文學成就時說：「先是，文士撰碑頌，皆以徐、庾爲宗，氣調漸劣；嘉謨與少微屬詞，皆以經典爲本，時人欽慕之，文體一變，稱爲富吳體。嘉謨作《雙龍泉頌》、《千蠋谷頌》，少微撰《崇福寺鐘銘》，詞最高雅，作者推重。」這些作品一時盛傳，最能代表富吳體的風格，但他們的文章散佚很多，《全唐文》中收錄其文極少，上述三篇文章也只存吳少微《崇福寺鍾銘》一文，二人今存文章中也別無碑頌之作。唐代出土墓誌中有吳少微富嘉謨同撰之《唐朝散大夫守汝州長史上柱國安平縣開國男贈衛尉少尉崔公墓誌》（頁一八〇二－一八〇三），這一墓誌對瞭解富吳體是彌足珍貴的文學資料。《崔公墓誌》已改六朝徐、庾的華豔夸飾，敘事寫人典重質實，下面引數節文字以見其貌：

> 公正言於朝，多所訐忤，遂左為錢塘令。故老懷愛而憤寃，號訴而守闕者千有餘人。期而得直，復為舊黨所構，卒以是免。閉門十年，寢食蓬藋，終不自列，久乃事白，

授相州內黃令，遷洛州陸渾令。南山有銀冶之利，而臨鼓者不率，公董之，復為礦氏所罔，免歸。

范陽盧弘懌，雅曠之守也，既舊既僚，政愛惟允。及盧公云（之？）亡，公哭之慟，因有歸歟之志。無何，張昌期乃蒞此州，公喟然嘆曰：「吾老矣，安能折腰於此豎乎？」遂抗疏而歸。

公尤好老氏《道德》，《金剛》、《般若》，嘗誡子監察御史渾、陸渾主簿沔曰：「吾之《詩》、《書》、《禮》、《易》，皆吾先人於吳郡陸德明、魯國孔穎達，重申討覈，以傳於吾，吾亦以授汝。汝能勤而行之，則不墜先訓矣。」因修家記，著《六官適時論》。

岑仲勉先生盛贊此誌，「今讀其文，誠繼陳拾遺而起之一派，韓、柳不得專美於後也。」（《金石論叢》頁二〇九）

第四、墓誌可補重要散文作家的文體缺項

即使存文較多的作家，補拾遺文同樣有意義，蕭穎士是散文大家，但現存文章偏偏缺墓誌一項，蕭穎士《唐故沂州承縣令賈君墓誌銘并序》正可補闕，「此篇尤其片鱗隻爪之可貴者矣。」（同上，頁二二六）

另外，墓誌尚可補唐詩，《全唐詩補編》利用了墓誌，但尚有遺漏，陳尚君先生在《〈全唐詩補編〉編纂工作的回顧》中舉了一個例子，他在《千唐誌齋藏誌》一一七二頁又檢得女詩人謝迢《寓題詩》二句「永夜一臺月，高秋千戶砧」（《唐代文學叢考》，中國社會科學出版社一九九七年十月，頁四九一）。又如《唐代墓誌彙編》天寶〇一二《大唐故右金吾衛冑曹參軍隴西李府君墓誌銘并序》載：「父問政，和州刺史……時太守齊公崔日用許其明敏，因遺和州府君書曰：『公嘗爲詩云，五文何彩彩，十影忽昂昂。今於符彩見之矣。』」李問政存有詩句：「五文何彩彩，十影忽昂昂。」此亦可補《全唐詩》。

二、文學家生平事跡的重要材料

利用墓誌考訂文學家生平，在不少方面有重要突破，如王之渙生平，王之渙寫有《登鸛鵲樓》（白日依山盡）和《涼州詞》（黃河遠上白雲間），當時詩名很大，但兩《唐書》無傳，文獻資料記載其事跡極少，靳能撰《唐故文安郡文安縣尉太原王府君墓誌銘并序》（頁一五四九）的出土，使人們對王之渙生平事跡有了精確的瞭解。又如高適的世系，史傳不詳，周勳初先生據《大唐前益州成都縣尉朱守臣故夫人高氏墓誌》，考知高適就是高宗時的名將高侃之孫，父崇文，終韶州長史，與《舊傳》互證（以上二例參《唐才子傳校箋》卷二、卷三）。

即使有些材料看上去對作家生平似乎并不很重要，但可以豐富我們的認識，如補其仕履，

《隋唐五代墓誌彙編》洛陽卷第十四冊《趙珪墓誌》云：「長史江西觀察判官監察御史里行璘奇財畢葬事。」墓主葬期爲大中元年九月十四日，由此考知《因話錄》的作者趙璘在大中元年參江西幕，任觀察判官；又如通過墓誌提供的材料瞭解作家多方面的才能，程修己爲文宗朝的著名畫工，唐文宗有《程修己竹障詩》，《金石續編》卷十一《程修己墓誌》載其工於繪事草隸，又云：「大中初，詞人李商隱每從公游，以爲清言玄味，可雪緇垢。」李商隱與程修己交往還在於二人都在書法上有成就，《宣和書譜》卷三：「李商隱字義山……觀其四六稿草，方其刻意致思，排比聲律，筆畫雖真，亦本非用意，然字體妍媚，意氣飛動，亦可尚也，今御府所藏二：正書《月賦》，行書《四六本稿草》。」

同樣墓誌可以和當代研究成果互證。《唐才子傳校箋》「李頎」下云：「《國秀集》目錄卷下作『新鄉尉李頎』，此爲唐人記李頎曾仕新鄉尉之最早亦唯一之記載。」按，《千唐誌齋藏誌》九二三《唐故瀛州樂壽縣丞隴西李公（湍）墓誌銘并序》云：「酷愛寓興，雅有風骨，時新鄉尉李頎、前秀才岑參皆著盛名於世，特相友重，方鎭雄藻，比肩莫達，孰是異才，而無顯榮，以乾元元年終於貝丘，凡百文士，載深慟惜。」李湍墓誌所載「新鄉尉李頎」與《國秀集》互證，由此也可以知道李頎交游中尚有李湍，李湍與岑參也有交往。又，河南洛陽出土的《唐故廣陵郡六合縣丞趙公墓誌銘并序》，也系李頎所撰（《隋唐五代墓誌彙編・洛陽卷》第十一冊，頁一五三），李頎結銜爲「前汲郡新鄉縣尉」。

三、用於作家作品中人名的考訂

人們在閱讀或注釋唐人作品時，經常會遇到一個問題，就是許多人名難以搞清楚，而作品中的人物對我們理解作品往往又顯得非常重要。有關《全唐詩》人名考證著作的出現，對人們閱讀作品帶來極大的便利，其工作卻是相當艱辛的。《全唐文》這方面的工作還沒有充分展開，不僅題目中的人名，就是作品中的人名也應該能盡量考訂出來，這也是文學研究基礎工作的一部分。利用墓誌可以解決一些問題，如《全唐詩》卷三四九歐陽詹《太原旅懷呈薛十八侍御齊十二奉禮》詩，詩中二人當爲河東幕僚，我們可以借助墓誌考出齊十二，《隋唐五代墓誌彙編》洛陽卷第十二冊《張任夫人李氏墓誌》，唐貞元十七年七月十三日葬，撰人爲「河東觀察推官試太常寺協律郎攝監察御史齊孝若」。歐陽詹詩當寫於貞元十一年至十六年之間（詳下薛十八考），詩中齊十二奉禮即齊孝若，時齊孝若帶朝銜「太常寺奉禮郎」，奉禮郎，從九品上，其後齊仍留幕，至貞元十七年帶朝銜「太常寺協律郎」，協律郎，正八品上。因涉及到齊孝若在幕時間，這裡還要考訂一下薛十八。《全唐文》卷五四二令狐楚《爲人作奏薛芳充支使狀》：

> 右件官蘊蓄公才，精勤吏道。文章史傳，無不該通。大曆末則與臣及徐泗節度使張建封同時故馬燧作判官。建中三年曾以公事直言，不合其意，遂被奏授交城縣令……臣

> 以其四居畿令，兩任法官，有學有才，堪為賓佐，委令推斷，無不詳平，與之籌畫，多所裨益，相諳相識，二十餘年，滯屈最深，實希榮奬。伏望天恩，特賜改官，充臣觀察支使。

據《狀》，令狐楚文所代之人應符合兩個條件，一與張建封曾同佐馬燧太原幕；二現爲觀察使。此人必是李說。馬燧大曆十四年爲河東節度使，大曆十年馬燧爲河陽三城鎭遏使時，薛芳、李說二人當相識。張建封，據《舊唐書》本傳，大曆十年馬燧爲河陽三城鎭遏使，辟爲判官，李說也是馬燧河陽從事，依時間推算，若從大曆十年（七七五）始，至李說爲河東觀察使（貞元十一年—貞元十六年），與《狀》「二十餘年」正合。薛芳在河東李說幕中，時當帶監察御史銜。可參拙作《唐方鎭文職僚佐考》「河東」相關部分。

同樣也可以利用墓誌考訂作品中的人名，這裡舉一個例子：《全唐文》卷七〇八李德裕《掌書記廳壁記》載河東有掌書記「國子司業鄭公」，鄭公爲誰，通過墓誌則不難解決，《隋唐五代墓誌彙編》洛陽卷第十二冊《馬炫墓誌》，撰人是「中大夫國子司業上騎都尉賜紫金魚袋鄭叔規」，此與李德裕文正合，又《唐代墓誌彙編》有《鄭叔規墓誌》，其云：「王□以健筆奇畫，意氣名節，交馬北平燧、李中書泌、張徐州建封，掌北平書記十年，箋檄冠諸侯，得兼御史丞，副守北都，入爲司業、少僕。」李德裕《記》鄭公失其名，幸以二墓誌補之。

有時用墓誌解決問題，簡單明了，而用文章互證會複雜一些，這也是墓誌用於考訂的優點。

四、通過墓誌瞭解士人風尚和士人所處的學術文化環境

如，唐人重進士而輕明經，《李蟾墓誌》云：「年未弱冠，以經明游太學，忽不樂，乃修文學進士，頗以行藝流譽於士友之間。」（頁二一三七）這則材料就是一個輔證。

中晚唐士人進入方鎮使府，是一普遍現象，原因很多，其中一點就是幕職在一段時期內其職績可以軍功敘錄，《唐會要》卷八一載，貞元八年敕，「諸軍功狀內，其判官既各有年限，并諸色文資官，不合軍行，自今以後，更不得敘入戰功，其掌書記及孔目官等，亦宜準此。如灼然功效可錄，任具狀奏聞。」方鎮文職當屢有敘入軍功者，故有此禁，事實上在方鎮這類事情是無法禁斷的，《李公度墓誌》：「欲其速仕也，故不敢以文進用。」（頁二三〇五）社會上以軍功進速度高于以文進，方鎮是文人極好的昇遷場所。

以上材料都可以考見一時風氣。大量的墓誌還可以讓人們認識唐代的整體學術文化環境，友人程章燦君曾作《唐代墓誌中所見隋唐經籍輯考》（《唐代文學研究》第六輯，廣西師範大學出版社一九九六年九月）、《石刻考工錄補遺（上）》（《古典文獻研究（一九九一－一九九二）》，

南京大學出版社一九九四年六月）利用墓誌試圖從某些方面入手，去勾勒一代學術的風貌。

五、瞭解文人所處時代社會狀況的豐富資料

不同時代的墓誌反映了不同時代人們的思想和社會狀況，相對於正史所載，墓誌所表現的往往更具有普遍性，其記載更爲具體，并有生動的細節描寫。下面以安史之亂對當時士人的影響爲例，說說墓誌對瞭解文人所處時代的作用：

第一、為了避亂，當時有不少人流亡江南。

《崔氏墓誌》載：「屬中夏不寧，奉家避亂于江表。」（頁一七六九）

《郭府君墓誌》載：「屬逆虜背恩，避地荊楚。」（頁一七七二）

《獨孤濤墓誌》載：「會河朔軍興，避地江表。」（頁一七八三）

《李府君墓誌》載：「頃因中華草擾，避地江淮。」（頁一八一五）

《張翃墓誌》載：「屬中原喪亂，隨侍板輿，間道南首。」（頁一八二〇）

《崔祐甫墓誌》載：「屬祿山構禍，東周陷沒，公提挈百口，間道南遷，訖于賊平，終能保全。」（頁一八二二—一八二四）

以上所引墓誌在時間上大致相近，說明了一時間階段的普遍情況。當然也有就近避難的，《尚夫人墓誌》載：「時逢難阻，戎羯亂常，河洛沸騰，生靈涂炭，長子南容，不勝殘酷，避地大梁。」然而主要還是逃往比較安全的江南地區。一旦亂平，南遷的士人紛紛北歸，「羈孤滿室，尚寓江南，滔滔不歸，富貴何有？」（《崔祐甫墓誌》）這可以概括南遷士人的共同心理。

第二、安史之亂稍有平息，原來權葬於南方的墳塋此時大規模北遷。

《唐代墓誌彙編》永泰〇〇三韋應物撰《大唐故東平郡鉅野縣令頓丘李（璀）墓誌銘并序》記載墓主先爲鉅野縣令，後因事貶武陵縣丞，「以天寶七載九月十六日終于武陵，養年七十有二。前以天寶八載別葬于洛陽北原，長子澣嘗因正夢左右如昔，垂泣旨誨，俾歸先塋。旋以胡羯，都邑淪陷，澣偷命無暇，作念累載，如冰在懷。及廣德二年夏，復夢誨如先日，又期以歲月，授以泉闥。明年，永泰元祀，澣始拜洛陽主簿，邇期哀感，聚祿待事，乃上問知者，下考蓍龜，事無毫著，……以其年十二月九日歸葬于河南府河南縣穀陽鄉先塋之東偏，奉幽旨也。」（頁一七五八—一七五九）長子李澣朝思暮想，將先人的墳遷歸故里，故夜有所夢，這同樣反映了急切思歸的戀土情結。大曆〇一四《唐故竇公夫人墓誌銘》：「頃屬時難流離，遷徙江介……其時中原寇猾未平，權殯於豐城縣。」大曆四年，國難方弭，改葬於北邙陶村之北原，依于父母之塋。（頁一七六八）《崔氏墓誌》：「頃以時難未平，權殯于吉州盧陵縣界內。今宇內大安，弟吏部郎中兼侍御史祐甫勒家人啓殯還洛，以大曆四年歲次乙酉十一月乙丑廿日甲申，窆于河南縣平樂鄉杜郭村之北原。」（頁一七七〇）《張顏墓誌》：「時亂離斯瘼，權厝城隅，洎天衢之康……以大曆八年，歲在癸丑，閏十有一月十九日窆于先塋之東。」（頁一七八一）《獨孤濤墓誌》載墓主權窆於衢州，大曆九年歸葬於洛陽清風鄉北邙。（頁一七八三）《裴夫人墓誌》：「權窆於長沙，屬中原多故，未克返葬……以大曆十三年十一月七日合祔於邙山北原。」（頁一八一三）

安史之亂給人民帶來的苦難是深重的，《唐故杭州錢塘縣尉元公墓誌銘并序》載：「時屬難虞，兵戈未息，乃權厝於縣佛果寺果園內。賊臣思明，再侵京邑，縱暴豺虎，毒虐人神，丘壟遂平，失其處所……遂以大曆四年七月八日，招魂歸葬於□南金谷鄉焦古村，從先塋。」（頁一七六七）由於戰火，已無墳可遷，只能招魂而葬。

安史亂起，士人南遷；戰亂稍平，士人又北歸。這種情況在詩人筆下都有較爲概括的表述，前者如郎士元所云：「避地衣冠盡向南。」（《全唐詩》卷二〇七《蓋少府新除江南尉問風俗》）後者如司空圖所云：「世亂同南去，時清獨北還。」（《全唐詩》卷九〇《賊平後送人北歸》）獨還未必，北歸在當時是普遍的，墓誌可證。因此，人們在探討安史亂後南方文化得到發展而許多士人活動在南方時，也不能忽視傳統鄉思回歸情緒，另外京城還在北方，北方仍然是政治和文化中心。

墓誌的用途很多，除上面所論，比如還可以幫助人們瞭解唐代一般士人的思想、價值觀念。如門閥觀念，門閥士族觀念肇始於東漢，鼎盛於兩晉，歷南北朝而不衰，唐時士族仍有相當的政治地位，但總體上呈下降趨勢。從墓誌看，中晚唐人仍重門閥士族，文人十分推崇高門出身者，大中六年《崔芑墓誌》云：「弱冠以族望門緒爲士友所推。」（頁二二九八）大中六年《盧就墓誌》云：「盧氏自北魏著爲望姓……盧氏歷兩漢魏晉，軒冕冒襲，至元魏以來，代居山東，號爲名家。」（頁二二九九）大中七年《唐故汴州雍丘縣尉清河崔君夫人范陽盧氏合祔墓誌銘兼序》：「盧氏與崔王等五姓聯於天下，而夫人之家，又一宗之冠焉。故論道德，辨族氏者，必以爲稱者。」（頁二三〇九）這裡也反映了士族高門之間的婚姻關係。又如忠孝觀念，在墓誌中也多有體現，在女性方面，體現女子對公婆、丈夫和子女的關係上，《董氏內表弟墓誌》：「娶樂安任氏，幼有婦德之□長，繼移天之義，晝哭聲咽，灑淚漣洏，鞠育四男，并天假秀異。」（頁二三〇〇）《盧夫人墓誌》：「夫人幼而明敏，柔邕婉娩，能尙孝敬之道，常慰慈心，莫不克於組紝，復繡繢之奇。」（頁二三〇七）在男性方面，體現在孝友之道上，《李公度墓誌》：「公始自孩提，即知孝友。」（頁二三〇五）他如名利的觀念等，各方面的材料相當豐富，不勝枚舉。

當然墓誌作爲史料有其局限，由於撰寫者的態度和刻工的水平，墓誌的歷史信值不免有所減損，史學家們運用墓誌材料時態度非常審慎，歐陽修《集古錄跋》九《白敏中碑》云：「其爲毀譽難信蓋如此，故余於碑誌，惟取其世次、官壽、鄉里爲正，至於功過，善惡，未嘗爲據者，以此也。」考諸實際，墓誌中尙有世次、官壽、鄉里之誤，岑仲勉先生在《貞石證史·總論碑誌之信值》中對這一方面作了認真討論，并列舉了碑誌中諸多錯誤，約有姓源、朝代、名字、世次、官歷、官謚、年壽、鄉里八類（《金石論叢》，上海古籍出版社，一九八一年一一月第一版，頁七九—八二）。但應該看到，岑仲勉先生所舉墓誌之失，相對於數量衆多的墓誌來說，還是有限的，我們可以參考歐陽修的看法，墓誌所載姓名、時間、官歷、年壽、鄉里等大致不誤，而議論死者功過、善惡等內容只能作爲參考，大部分材料如果作爲瞭解社會一般風尚的「通性真實」來運用，其意義不可低估。儘管如此，我們在使用墓誌時，仍然要注意這樣幾點：

第一、充分瞭解撰者的態度以及與墓主的關係。第二、和現存資料互證。第三、整理本和拓本對讀，正確使用整理者的錄文和注釋。這裡特別說一下第三個方面，整理墓誌時，會遇到許多特殊的困難，如石刻的殘泐影響文字的識讀，歷代著錄難免有疏忽等，稍不注意，就會出錯。從今人整理的情況看，墓誌繫年、月最難，舉兩例以爲說明：

其一、墓誌不誤，而注者誤釋。《千唐誌齋藏誌》四二七《大周左監門長上弘農楊君墓誌銘并序》，編者說明云主人葬期爲「萬歲登封元年（公元六九六年）正月二十七日」。核諸拓片，誌云：「以萬歲登封元年壹月四日寢疾，終於立行坊之私第，其以其月廿七日葬於北邙山平樂鄉。」編者注改誌文「萬歲登封元年壹月」爲「萬歲登封元年正月」，實誤。武周時所用曆法基本以十一月爲正月。《唐大詔令集》卷四《改元載初敕》云：「今推三統之次，國家得天統，當以建子月爲正……宜以永昌元年十有一月爲載初元年正月，十有二月改臘月，來年正月改爲一月。」《舊唐書・則天皇后紀》云，久視元年「冬十月甲寅，復舊正朔，改一月爲正月，仍以爲歲首，正月依舊爲十一月」。可知，從永昌元年至聖曆二年，都是以十一月爲正月。因此，編者所注之「萬歲登封元年正月」應改爲「萬歲登封元年一月」。

其二、墓誌闕泐，但可考補，注者未察。《千唐誌齋藏誌》一二一四《（中闕）大理司直兼殿中侍御史賜緋魚袋弘農楊公（中闕）誌銘并序》，撰者：「（中闕）池等州觀察判官將仕郎監察御史里行吳興錢徽撰。」編者注云：「誌前原題及誌文右上部殘缺，墓主姓氏、葬期不詳。撰者錢徽，《舊唐書》有傳。據記載撰（按，當為「錢」字誤寫）徽活動於天寶十三載（七五四）至大和三年（八二九）間。貞元初年中進士，元和八年入朝爲官。以誌文中記錄的錢徽職稱情況看，其任此職的時間大約在元和至大和三十年之間。由此推知，鐫立這方墓誌的時間，大約在這一時期。」周紹良先生《唐代墓誌彙編》亦將此誌歸入殘誌無法繫年類。《千唐誌齋藏誌》的編者注是有誤的，此墓若考出墓主，即可準確繫年。

第一、墓主姓氏。誌云：「（中闕）秋八月有二旬又六日，宣歙采石軍副使兼殿中侍（中闕）寢，河南長孫夫人稱字以復，年齡卌六……」、「夫人生則聰爽，天然明智，不幸閔凶，在幼而孤，依於楊公之室……未及方笄年，遂若老成，纔十有六歲，而歸楊氏……」此誌殘泐較多，結合撰人姓名結銜以及墓誌殘題，可知錢徽時在□（宣）□（歙）池觀察判官任上，墓主爲楊某夫人長孫氏。《新唐書》卷一七七《錢徽傳》載：「中進士第，居谷城，谷城令王郢善接僑士游客，以財貸饋，坐是得罪。觀察使樊澤視其簿，獨徽無有，及表署掌書記……又辟宣歙崔衍府……會衍病亟，徽請召池州刺史李遜署副使，遜至而衍死，一軍賴以安。」

知錢徽曾爲崔衍宣歙幕僚，據墓誌錢徽在幕爲判官，孟郊有《和宣州錢判官使院廳前石楠樹》詩。崔衍觀察宣歙在貞元十二年至永貞元年，《舊唐書・德宗紀》貞元十二年八月「癸酉，以虢州刺史崔衍爲宣歙池觀察等使」。《舊唐書・憲宗紀》永貞元年八月「乙巳，即帝位於宣政殿……甲寅，以常州刺史穆贊爲宣歙池觀察使，以前宣歙觀察使崔衍爲工部尚書」。《冊府元龜》卷六八七《牧守部・禮士》云：「崔衍爲宣歙池觀察使，所擇從事，多得名流。」此時和錢徽同幕者有楊寧，《千唐誌齋藏誌》一〇一一《唐故朝議大夫守國子祭酒致仕上騎都尉賜紫金魚袋贈右散騎常侍楊府君墓誌并序》：「公諱寧，字庶玄，弘農華陰人也……既冠，擢明經上第，釋褐衣，授亳州臨渙縣主簿……退居於陝服，勤孝敬悌達州里，觀察使李公齊運雅聞其賢，即致弓旌，從遷於蒲，益厚其禮，表授試金吾衛兵曹參軍，充都防禦判官……忤時左掾鄱陽，稍移陵陽，廉使博陵崔公優延禮貌，置在賓右，表授試大理司直，充采石軍副使，進殿中侍御史，銀艾赤紱，薦榮寵章。初宣城大邑，井賦未一，公以從事假銅印，均其戶有，平其什一，蚩蚩允懷，主公賴之。永貞初，有詔徵拜殿中侍御史，遷侍御史，轉尚書駕部員外郎。」《長孫氏墓誌》雖闕泐較多，但墓題殘存者與楊寧墓誌皆合，且楊寧墓誌亦爲錢徽所撰，因二人同幕交厚之故。《千唐誌齋藏誌》一二一四殘碑全題當爲《唐故宣歙池采石軍副使試大理司直兼殿中侍御史賜緋魚袋弘農楊公夫人河南長孫氏墓誌銘并序》。

第二、墓主葬期。由於確定了墓主爲楊寧夫人長孫氏，墓主葬期也就容易確定了。據楊寧墓誌和殘誌撰者結銜，可知殘誌葬期必在崔衍爲觀察使的貞元十二年至永貞元年之間，且楊寧墓誌已言寧「永貞初有詔徵拜殿中侍御史」，大概崔衍罷鎮，楊寧也就入朝了，此殘誌墓主葬期不會遲於永貞元年，更不會如《千唐誌齋藏誌》編者注所說的在永貞後的元和至大和三十年之間。《楊寧墓誌》云：「有唐建元元和，乃歲丁酉四月孟夏，其日乙卯，大司成楊公得謝之三年寢疾……薨於是……□□粵八月壬申望其子汝士等祇服理命，卜宅先祖考妣於河南府河南縣金各鄉尹村之北原，啓公從之，以故夫人河南長孫氏合之。」「夫人故長安縣令緽之女，先公一十三年歿於故鄣明……有子四人汝士、虞卿、漢公咸著名。」可知，長孫氏早楊寧十三年而卒，楊寧卒後，夫妻合葬。楊寧元和丁酉（八一七）卒，則夫人長孫氏卒於貞元二十年（八〇四），殘誌墓主葬期當在貞元二十年。

整理本用起來方便，但如果和拓本對讀，并加上我們的思考，會在使用墓誌上少出一些錯誤。

唐代文學研究中的文人空間排序

討論唐代文學研究中的文人空間排序應關注三個方面的問題：一、描述和考訂文人的空間集聚和分佈狀態；二、探求其規律；三、闡明其意義。事實上文人分佈狀況是複雜而又相當具體的，故而本文只是在對幾種不同類型的文人空間排序的具體解析中兼顧以上三點的闡述。所謂文人空間排序是指按照一定規則將文人在空間進行組合和排列，這種組合和排列可以是縱向的，也可以是橫向的；可以是長時間，也可以是短時間；可以是實體，也可以是依事物性質所作的合併和歸類；可以是連續的，也可以是間斷的；可以是局部的，也可以是普遍的。從文人空間排序來研究唐代文學，不少人已在作一些嘗試，本文是在吸收現有成果的基礎上，對此進行論述，許多問題以後可以作專題研究。

一、和地域結合：關於文人佔籍的分析

文人以佔籍爲單位的空間排列，歷來爲唐代文學研究者所重視，但由於作家資料的零散和望貫相混，難以清理，陳尚君先生《唐詩人佔籍考》（《唐代文學叢考》，中國社會科學出版社，

一九九七年十月，頁一三八—一七〇）塡補了這一空白，唐代詩人佔籍情況，據陳尙君考訂，大致如下：京畿道二二六人，其中京兆府一八六；關內道六人；都畿道二〇〇人，其中河南府一二〇；河南道一五七人；河東道一四九人，其中蒲州七九人；河北道二四五人；山南東道七七人；山南西道四人；隴右道二七人；淮南道六〇人；江南東道四〇四人；江南西道一五九人；黔中道〇；劍南道六六人；嶺南道二七人。詩人佔籍的分佈對我們研究唐代文學會有多方面的啓發，這裡談三個相關問題。

第一、詩人佔籍和文化繁榮的認知

我們在審視經濟繁榮、文化繁榮和作家分佈的變遷問題時，作家佔籍又成了一個重要的參照物。如果把唐代詩人佔籍作爲一個整體來認識，則北方籍作家的比例超出南方，而南方相對集中的是江南東西道，其中一些州歷來就是文化發達地區，詩人佔籍量也比較大，如潤州四三人、蘇州六九人。如果考慮到時間因素，中晚唐南方地區的詩人佔籍增長率顯然超出北方，比如福建、泉州等地。另一方面也不容忽視，儘管我們試圖勾勒出安史之亂對詩人地域分佈的影響以描繪一條文化南移的軌跡，但我們發現詩人佔籍與經濟、文化繁榮并不能處處構成同一的對應關係，如揚州和益州在唐代中後期極其繁榮，有「揚一益二」之說，但從詩人佔籍看，揚州二六人，益州三二人，而終唐之世都相當落後的福州和泉州，其詩人佔籍數分別是四八和三四人。何以會出現這樣的分佈，原因相當複雜，正和詩人成長一樣，并非一兩個條件就行。事實上我們的統計只是一種相對的成果，或者說還是一個粗線條的工作，假使我們能對每個詩人進行質的考察，將他們分爲不同等級：上中下三級，在同一等級上對其佔籍作統計；假如我們有條件對詩人所屬階層進行分析，將之劃分爲如士族、寒素或官僚、隱士、僧道，在同一階層對其佔籍作統計，那麼就會有更多的發現，也會較爲精確地說明一些規律，使研究向前推進一步。舉一個例子來說，如上面提及的福州和泉州，安史之亂後，詩人佔籍雖有大幅度的增長，但從質量上看，沒有出現比較傑出的詩人，甚至二流詩人也難數一二，再從階層上看，僧人佔有極大比重，福州四十八人，其中僧人有十七：釋希運、卿雲、師備、懷濬、道虔、義忠、道溥、神祿、靈祐、志懃、惟勁、常察、清豁、神贊、文矩、皎然（五代閩僧）、志端；泉州三十四人，其中僧人有九：釋玄應、全豁、義存、無了、本寂、光雲、慧救、慧忠、省僜。

詩人的佔籍在一定範圍和一定程度上可以幫助人們理解文化現象和內在規律，但要尊重實際，也要有相當的靈活性。事實上，文化南移與佔籍有一定聯係，而更多的是與文人的活動相關，如大曆浙東使府規模浩大的文人唱和，顏真卿刺湖州時多達九十餘人的聯唱集團。因此，我們在研究唐代使府與文學關係時，曾進行過一些探討。從文學家佔籍來考察，籍里爲北方者居多，而參幕則多在南方。文人自敘籍里，或爲人作碑、傳，特別喜歡追溯其郡望、祖籍，尤以出身北方名門望族爲榮，如果剖析一下，裡面的含義是豐富的，它不僅標示著門第（血統）地位，同樣也表現了文明的程度（不管實際情況如何，至少形式上如此），等等；而在選擇作官或入幕地點卻又以南方居多，史料記載士人不願在朝爲一般官吏而求任地方官或求入幕，事實上，是指到南方爲官作佐。這樣的分離，實質上是緣於二者的不同價值取向：對郡望的要求主要出於「名」的滿足；而仕宦南方就出於「利」的需要。這樣客觀上給南方文化的發展帶來了實際的幫助，促進了文化的彼此交流與滲透。但是，南方文化發展滯後於經濟發展，從地方官和南方幕府僚佐以及活動於南方的文人佔籍來分析，北方士人暫時還承擔著南方文化發展的重要角色。《新唐書·常袞傳》載，常袞，京兆人，「建中初，楊炎輔政，起爲福建觀察使。始，閩人未知學，袞至，爲設鄉校，使作爲文章，親加講導，與爲客主均禮，觀游燕饗與焉，由是俗一變，歲貢士與內州等。」又《唐語林》卷四載：「閩自貞元以前未有進士。觀察使李錡始建庠序，請獨孤常州及爲新學記，云：『縵胡之纓，化爲青衿。』林藻弟蘊與歐陽詹睹之嘆息，相與結誓，繼登科第。」由於他們的興教，南方邊遠地區文化發展有了突破。

除了興教，他們還努力改變落後地區的生活方式、宗教信仰。《新唐書·韋正貫傳》載，正貫，京兆萬年人，爲嶺南節度使，「南方風俗右鬼，正貫毀其淫祠，教民毋妄祈。會海水溢，人爭咎撤祠事，以爲神不厭，正貫登城沃酒以誓曰：『不當神意，長人任其咎，無逮下民。』俄而水去，民乃信之。」又《新唐書·楊於陵傳》載，於陵，弘農人，「出爲嶺南節度使，辟韋詞、李翺等在幕府，咨訪得失，教民陶瓦易蒲屋，以絕火患。」對爲南方文化發展作出貢獻的人，是會得到應有的尊敬，如常袞興辦教育，「其後閩人春秋配享袞于學官。」

（《新唐書・常袞傳》）我們企圖說明北方士人對南方文化的發展作用，換言之，就是說北方士人的文化素養一般高於南方，這從拙著《唐代使府與文學研究》（廣西師大出版社，一九九八年五月）對四九五位文學家籍里所作的統計中也可以得到佐證，除二五人籍里不詳外，北方籍文人佔相當大的比重：陝西八五、河南八二、河北和山西均爲四九。

另外，因爲地理和歷史的原因，南方文化的發展又是不平衡的，南方的長江下游的部分地區：江浙一帶文化相當發達，江蘇及浙江是六朝的政治、文化中心和人才資源中心，所謂「長江之南，世有詞人」（《文苑英華》卷七二〇陶翰《送惠上人還江東序》），我們在對四九五位文學家的籍里統計中，江蘇五九、浙江五〇。從文士入幕看，江浙人由於所處風景優美、自然物產豐富，易生安土重遷之心，他們首次入幕一般還是作就近的選擇。因此，我們不能把長江以南和沿長江兩岸區域的文化等同對待，它應該含有如下三個層次：發達富饒地區（如淮南兩浙等）、次發達富饒地區（如荊南山南東道等）和落後地區（嶺南福建等）。如果忽視這種差異，就會面對許多無法解決的矛盾。可以說文人參幕南方主要是指前兩個地區，而文人的參幕協同府主推動了某些地區的文化發展，主要是指落後地區。

第二、家族：一種文化和文學傳遞的形式

家族需要每一個成員在一個共同目標下各盡其力以維護家族的利益，《舊唐書》卷一九〇上載，孔紹新與弟紹安以文詞知名，紹新曾經對外兄虞世南說：「本朝淪陷，分從湮滅，

但見此弟，竊謂家族不亡矣。」家族講究門風，「門戶須歷代人賢，名節風教，爲衣冠顧矚，始可稱舉。」（《舊唐書》卷一九〇上《袁誼傳》）門戶的形成要靠數代人的持續奮斗。士族階層的勢力在唐後期雖漸次削弱，但士族觀念仍存在。士族以不同的方式和不同的方面沿承和發揚家族的傳統，即使由科舉進入仕途的中小地主階級知識家族，也會以士族的手段來維持家族的榮譽和門風（因此在研究家族在文化傳遞的作用時不必太多關注士庶的問題）。杜甫的祖父杜審言是初唐大詩人，杜甫在《贈蜀僧閭丘師兄》詩中云：「吾祖詩冠古。」又在《宗武生日》詩中告誡其子云：「詩是吾家事。」這就意味著，杜甫以他祖父的業績而驕傲，也要求自己和自己的後代爲維護祖業而作不懈的努力。從詩人的佔籍看，有親緣關係家族中同輩、子孫等同爲詩人的很多，達二百餘例（唐宗室不計在內），例如：

(1)顏允南、顏真卿、顏峴、顏渾、顏顓、顏須、顏頊、顏舒；(2)竇叔向、竇常、竇弘余、竇牟、竇群、竇庠、竇鞏；(3)柳公綽、柳公權、柳珪；(4)杜審言、杜甫；(5)韓愈、韓弇、韓湘；(6)元結、元友直、元友讓、元季川；(7)姚崇、姚系、姚倫、姚合、姚巖傑；(8)崔融、崔禹錫、崔翹、崔彧、崔岐、崔安潛；(9)薛據、薛蒙、薛蘊；(10)盧羽客、盧綸、盧汝弼、盧嗣業；(11)沈佺期、沈東美；(12)李端、李虞仲、李昂、李冑；(13)李棲筠、李吉甫、李德裕；(14)王播、王炎、王鐸、王鐐、王起、王龜；(15)皇甫冉、皇甫曾；(16)包融、包何、包佶；(17)皇甫湜、皇甫松；(18)廖匡圖、廖凝、廖匡齊、廖融。

以上十八例只是一小部分，這就說明了一個事實，家族成了文化傳承中的重要鏈節，陳寅恪先生在《隋唐制度淵源略論稿・禮儀》中曾論及家族在學術發展中的意義：「蓋自漢代學校制度廢弛，博士傳習之風氣止息以後，學術中心移於家族，而家族復限於地域，故魏、晉、南北朝之學術、宗教皆與家族、地域兩點不可分離。」此因唐前而發論，但對我們理解唐代家族承擔某種文化或文學傳播責任并發揮其作用具有同樣意義。所以我們在研究一個作家的生平時，應該研究作家的家庭文化背景和家學淵源。

第三、出生與僧詩通俗化的聯係

由詩僧的佔籍引起我們對僧詩的通俗化的思考，僧詩是文學史上一種現象。據陳尚君考訂，京兆府一八六人，其中詩僧三人；都畿道二〇〇人，其中詩僧二人；河南道一五七人，其中詩僧十一人；河東道一四九人，其中詩僧四人；河北道二四五人，其中詩僧八人；山南東道七七人，其中詩僧四人；山南西道四人，其中詩僧一人；隴右道二七人，其中詩僧一人；淮南道六〇人，其中詩僧四人；江南東道四〇四人，其中詩僧六四人；江南西道一五九人，其中詩僧一〇人；劍南道六六人，其中詩僧五人；嶺南道二七人，其中詩僧四人。不詳者三二人，其中詩僧咸秦一人，江南二人，海隅一人。這一統計說明：一是南方詩僧數量高於北方，北方最重要地區京兆府和都畿道，詩僧約佔總數的百分之一點三，南方重要的地區江南東道，詩僧約佔總數的百分之十五點八。二是相對落後地區詩僧高於相對發達地區。三是政治中心的中原地區低於非政治中心的其他地區。

似乎可以這樣說，和上述統計相對應的是，僧人多數出生在貧窮地區，具體到個人則僧人大多出生於貧寒人家，換句話說，他們大多數并沒有條件接受良好的教育，除落髮寺院研習佛經。從地區看，江南東道詩僧最多，但最多的還是落後地區，溫州詩人計一〇人，而僧人有六；臺州詩人計八人，而僧人有三；福州詩人計四八人，而僧人有十七；泉州詩人計三十四人，而僧人有九。江東詩僧多的原因很多，如山水秀麗，寺廟林立等，我們這裡只是考察其中的一方面。從出生看，唐代絕大多數僧人都出生寒素，或自小就入寺廟，連出生何地都不詳，翻一下《宋高僧傳》（中華書局一九八七年八月版）就可得知，如頁二三四：「釋圓寂，不知何許人也。」頁二三五：「釋甄叔，不知何許人。」頁二三六：「釋懷海，閩人也。」頁二三七：「釋恒月，姓韓氏，上黨人也，厥父爲土鹽商。」頁二五〇：「釋天然，不知何許人也，少入法門。」頁二八二：「釋慶諸，俗姓陳，廬陵新淦玉笥鄉人也，乃祖厥考，咸不爲吏。」頁三〇三：「釋休靜，不知何許人也。」頁三〇五：「釋師備，俗姓謝，閩人也，少而憨黠，酷好垂釣，往往泛小艇南臺江自娛。」頁三一三、三一四：「釋文益，姓魯氏，餘杭人，年甫七齡，挺然出俗……益好爲文筆，特慕支湯之體，時作偈頌真讚，別形纂錄。」又如詩僧寒山、拾得皆貧賤之家出生，《宋高僧傳》頁四八四、四八五載：「寒山子者，世謂爲貧子風狂之士，弗可恒度推之，隱天臺始豐縣西七十里，號爲寒暗二巖，每於寒巖幽窟中居之，以爲定止……拾得者，封干禪師先是偶山行至赤城道側，仍聞兒啼，遂尋之，見一子可數歲，已來，初謂牧牛之豎，委問端倪，云無舍，孤棄于此。」

以往的研究在論述詩僧創作的通俗性時，都指出其緣於佛教傳播的對象是大眾，要求頌贊偈銘的通俗，極端者則以淫穢之事取悅聽眾，《因話錄》卷四載：「有文淑僧者，公爲聚眾譚說，假托經論所言，無非淫穢鄙褻之事。不逞之徒，轉相鼓扇扶樹。愚夫冶婦，樂聞其說，聽者填咽。寺舍瞻禮崇奉，呼爲和尚。教坊效其聲調，以爲歌曲，其甿庶易誘。」（上海古籍出版社一九八三年九月）我認爲除此而外，還要考慮僧人階層的出身以及他們的文化修養，在唐代科舉制度下，即使出生寒素，也儘量走科舉一路進入仕途，而入釋門的人其文化水平當等而下之。當然，詩僧中有小部分人修養較高，和當時文士交往密切，如靈一、皎然等，成書於貞元初的《中興間氣集》評靈一云：「自齊梁以來，道人工文者多矣，罕有入其流者。一公乃能刻意精妙，與士大夫更唱迭和，不其偉歟。」于頔《吳興晝上人集序》盛贊皎然詩作，以爲「江南詞人，莫不楷模」。皎然與當時文人唱和較多；還有一類在詩僧中佔絕大多數，出生在文化落後的地區，出生在貧寒之家，沒有多高的文化知識，只是靠自己經驗和冥思用韻語記錄下對佛教思想的闡釋和理解，他們始終在自己的宗教文化圈子裡活動，他們發表詩作也是緣於宣揚佛教，故通俗易懂，玄覺《永嘉證道歌》云：「窮釋子，口稱貧，實是身貧道不貧。貧則身常披縷褐，道則心藏無價珍……幾回生，幾回死，生死悠悠無定止。自從頓悟了無生，於諸榮辱何憂喜。」天然《驪龍珠吟》云：「認取寶，自家珍，此珠元是本來人。拈得翫弄無窮盡，始覺驪龍本不貧。」詩僧的寫景懷人之作也是通俗的，如拾得詩：

「雲山迭迭幾千重，幽谷路深絕人蹤。碧澗清流多勝境，時來鳥語合人心。」棲白《哭劉得仁》詩：「爲愛詩名吟至死，風魂雪魄去難招。直須桂子落墳上，生得一枝冤始消。」這些詩和文人的所謂通俗詩比較，大異其趣。《因話錄》卷四云：「元和以來，京城諸僧及道士，尤多大德之號……至有號文章大德者，夫文章之稱，豈爲緇徒設耶？訛亦甚矣！」這裡對僧道者流的評價，并非故意貶低，至少代表了當時社會流行的一種觀念。而詩僧們大量通俗的頌贊偈銘擁有了一大批非正統文人可企及的讀者聽眾，敦煌相關文獻也佐證了這一觀點。這也是從詩僧佔籍所產生的想法，可作進一步探索。

二、和制度結合：科舉和使府

㈠科舉制度下的文人聚合。舉子一旦及第，就改變了原來的身份，并以進士及第者的資格和其他人組成一個新的空間序列。

據《登科記考》，這裡對上元至元和元年之間的登科情況作一抽樣排列：上元二年（六七五）進士：沈佺期、宋之問、劉希夷、張鷟。開耀二年（六八二）進士：陳子昂、劉知幾。開元十四年（七二六）進士：儲光羲、崔國輔、綦毋潛，知貢舉：嚴挺之。開元十五年（七二七）進士：王昌齡、常建，高才沉淪草澤自舉科：王縉，知貢舉：嚴挺之。開元十八年（七三〇）進士：王維、薛據，博學宏詞科：蕭昕、陶翰、王昌齡，知貢舉：裴敦復。開元二十一年（七三三）進士：劉長卿、元德秀。開元二十二年（七三四）進士：閻防、顏真卿、杜鴻漸，博學宏詞：王昌齡，知貢舉：孫逖。開元二十三年（七三五）進士：賈至、李頎、蕭穎士、李華、柳芳，牧宰科：崔國輔，知貢舉：孫逖。天寶六載—八載（七四七—七四九）進士：包佶、包何、李嘉祐、權皋、李棲筠、高適，風調古雅科：薛據，知貢舉：李巖。天寶十三載（七五四）進士：韓翃、元結、劉太真，洞曉玄經科：獨孤及，知貢舉：楊濬。天寶十五載（七五六）進士：郎士元、皇甫冉、闞播、封演，知貢舉：楊濬。大曆四年（七六九）進士：齊映、李益、冷朝陽，知貢舉：薛邕。大曆五年（七七〇）進士：李端、顧少連、韋重規，知貢舉：上都薛邕、東都張延賞。大曆六年（七七一）進士：章八元、盧景亮、楊於陵，諷諫主文科：李益，知貢舉：張謂。大曆七年（七七二）進士：暢當、王仲堪，博學宏辭：楊於陵，諸科：歸登，知貢舉：張謂。大曆八年（七七三）進士：陸贄、嚴綬，知貢舉：上都張謂、東都蔣渙。大曆九年（七七四）進士：楊憑、閻濟美，知貢舉：上都張謂、東都蔣渙。建中元年（七八〇）進士：魏弘簡、唐次、孔戣、杜兼，賢良方正能直言極諫科：元友直、樊澤、呂元膺，文辭清麗科：奚陟、梁肅、吳通玄，知貢舉：令狐峘。貞元八年（七九二）進士：陳羽、歐陽詹、李觀、馮宿、王涯、張季友、齊孝若、韓愈、李絳、庾承宣、崔群，博學宏詞：李觀、裴度，知貢舉：陸贄。貞元九年（七九三）進士：穆寂、柳宗元、劉禹錫、張復元、武儒衡、穆員、薛公達、衛中行，明經：元稹，博學宏詞科：張復元、李絳，知貢舉：顧少連。貞元十六年（八〇〇）進士：白居易、戴叔倫、杜元穎、崔玄亮，知貢舉：高郢。元和元年（八〇六）進士：皇甫湜、李紳、崔公信，博學宏詞科：杜元穎，才識兼茂明於體用科：元稹、白居易、崔護、沈傳師，知貢舉：崔邠。

從上述對上元至元和元年的有選擇的統計，至少有這樣三點認識。第一、體現文運興替和文學演進的段落層次。沈、宋的登第，纔使他們有機會總結六朝以來聲律方面的創作經驗，以其創作實踐表明律詩體制初步形成。開耀二年陳子昂登第，陳子昂離開了相當閉塞的故鄉梓州，他纔有可能在詩歌領域積極倡導恢復失去已久的建安風骨。開元十四至十八年的四、五年間，儲光羲、崔國輔、綦毋潛、王昌齡、常建、王維、薛據、陶翰先後登科，詩壇將以他們爲主體，繪寫出盛唐氣象。大曆和元和詩壇的形成在文人登科年代中也可以尋找出一條清晰的線索。這不僅和文學史的描述進程是一致的，而且在同一時代文人先後登場的次序和輩份層次也十分清楚，如大曆詩人中韓翃、郎士元、皇甫冉等登科較早，而章八元、暢當等登科較晚。

第二、知貢舉對文人聚合的作用，開元二十二年、二十三年孫逖知貢舉，錄取進士：閻防、顏真卿、杜鴻漸、賈至、李頎、蕭穎士、李華、柳芳，博學宏詞：王昌齡，牧宰科：崔國輔。大曆六年至九年張謂知貢舉錄取進士：章八元、盧景亮、楊於陵、暢當、王仲堪、陸贄、嚴綬、楊憑、閻濟美，諷諫主文科：李益，博學宏辭：楊於陵，諸科：歸登。貞元八年陸贄知貢舉、貞元九年顧少連知貢舉錄取了一批重要文士。同年是當時文士交往中一大重要社會關係。

第三、舉子登第後，也就意味著個體融入一個特定群體，在帝都有了立足的資本，是逐步走向上層社會的起點，舉子及第後就有了身份，周圍的人會給以相當的尊重，冷朝陽及第後歸江寧，據于邵《送冷秀才東歸序》云：「近三四年，復與士合，每歲以故事選實而流頌聲，則江寧冷侯，由此擢秀。今乏與比，前或少雙。是以中朝當文，當代秉義者，蓋嚮風矣。不復相鄙，愚無間然，得爲田蘇之游，不負金石之契，亦既多矣……冷侯深於詩也，祕監韋公敘焉。其爲歌詩以出餞，皆漢廷顯達，士林精妙。各附爵里，爲一時之榮。」《唐才子傳》卷四載：「大曆四年齊映榜進士及第，不待調官，言歸省覲，自狀元以下，一時名士大夫及詩人李嘉祐、李端、韓翃、錢起等，大會賦詩攀餞。」錢起《送冷朝陽擢第後歸金陵覲省》、韓翃《送冷朝陽還上元》、李嘉祐《送冷朝陽及第東歸江寧》。

(二)使府制度下的文人聚合。主要參照拙著《唐方鎮文職僚佐考》，使府文士的空間排列暗示了文士的活動走向。第一、從文士入幕的規模看，長江流域的大鎮成了文士入幕的趨競之所，而北方文人入幕較多之方鎮，只有河東、河中。西川、淮南的特殊位置決定了兩地入幕文士的最大規模，而江淮流域的其它地區因其土地肥沃、物產豐富而吸引文人入幕，這些地區是浙東、浙西、宣歙、荆南、江西。陳少遊先後鎮宣歙、浙東、淮南，史謂「三總大藩，皆天下殷實處也」（《舊唐書・陳少遊傳》）。入幕文士較多的還有山南東道，也有地利，《新唐書・朱樸傳》云：「議遷都曰：『……臣視山河壯麗處多，故都已盛而衰，難可興已；江南土薄水淺，人心囂浮輕巧，不可以都；河北土厚水深，人心彊愎狠戾，不可以都。惟襄鄧實惟中原，人心質良，去秦咫尺，而有上洛爲之限，永無夷狄侵軼之虞，此建都之極選也。』」另外從戶口的增加也說明山南東道在安史之亂及其後的一段時間內是相當穩定的，正可謂「無夷狄侵軼之虞」，以今本《元和郡縣志》所存各道而論，除劍南道以外，戶口有增的諸州中，襄州居第一，天寶時戶數三六三五七，元和時戶數一〇七一〇七，其他多在江南地區，如蘇、鄂、洪、饒、吉、廣等州。襄州美麗的山川和傳統的文化對文人有較大的魅力，李益在《送襄陽李尙書》詩中這樣寫道：「天寒發梅柳，憶昔到襄州。樹暖燃紅燭，江淸展碧油。風煙臨峴首，雲水接昭丘。俗尙春秋學，詞稱文選樓。」（《李益詩注》第八〇頁）北方河東、河中二鎭，皆爲大鎭，唐天授元年河東置北都，其間有廢有復，肅宗元年復爲北都，河東節度使皆同時兼北都留守，河東又爲唐龍興之地，「晉陽，國家之豐沛，天下勁兵所處。」（《文苑英華》卷七二六梁肅《送周司直赴太原序》）河中爲長安與河東的通道。這樣不難理解文人空間分佈的合理性。

第二，從文士入幕的素質看，進士及第入幕者佔相當的比例。這一現象的出現有較多的原因，首先，朝廷委任的方面大員多爲文吏，如李德裕、元稹、嚴武、武元衡、杜佑、沈傳師、李紳等等，不勝枚舉。《唐語林》卷一載：「宣宗性至孝……舅鄭光爲平盧、河中兩鎭節度使，大中七年自河中來朝，上詢其政事，光不知文字，對皆鄙俚。上命留光奉朝謁，后以光生計爲憂，及厚賜金帛，不復更委方鎭。」同樣說明了朝廷委任的方鎭要求有很高的文化素養，所以方鎭比較重視幕僚的文化素質。《唐語林》卷七云：「薛能尙書鎭鄆州，見舉進士者，必加異禮。」辟進士及第者入幕當爲方鎭自身的自覺行爲；其次，朝廷也希望方鎭所辟僚佐爲登科者，并對非登科者入幕給以嚴格的限制；復次，由於每年進士及第人數的增多和積累，朝廷無法滿足登科者的仕宦要求，一般新第進士都例辟外府，當然加大了幕府進士的比重。

第三、文人分佈不僅僅是一形式問題，它可以幫助人們瞭解文人流向的某些帶本質性的東西。比如說根據幕府文人分佈的情況可以研究入幕文人的類型，文人入幕從大的方面說，有政治型，有文化型、有經濟型。所謂政治型就是有很明確的政治目的，服務於政治需要和仕進需要，由於文人入幕只是仕途的過渡階段，因此絕大多數入幕文人都可以歸入這一類，或兼而有之。他們入幕要「贊師律安戎旅」（《白居易集》卷五二《王師閔可檢校水部員外郎徐泗濠等州觀察判官制》），方鎭政治地位和權力至大，故朝廷較重幕職的選任，「舜以五長綏四國，若今之節制也。周以十聯率諸侯，若今之廉察也。國家合爲一柄，付有功諸侯；故其陪臣，選任益重：或輟朝籍、授簡書者，往往而有。」（同上卷四九《李彤授檢校工部郎中充鄭滑節度副使等制》），北方幕府以此類爲多。所謂文化型是指入幕者與府主之間主要以文才相知而建立的一種關係，如李德裕和劉三復的關係，《唐語林》卷三「賞譽」：「劉侍郎三復，初爲金壇尉，李衛公鎭浙西，三復代草表云：『山名北固，長懷戀闕之心；地接東溟，卻羨朝宗之路。』衛公嘉嘆，遂辟爲賓佐。」《冊府元龜》卷七一八《幕府部·才學》：「劉三復長于章奏，李德裕始鎭浙西，迄于淮甸，皆參佐賓筵，軍政之餘，與之吟詠終日。」又如元稹和竇鞏的關係，《嘉泰會稽志》卷二：「《舊經》云，所辟幕職皆當時文士，鏡湖秦望之遊，月三四焉，而諷詠詩什，動盈卷秩，副使竇鞏海內詩名，與稹酬唱最多，至今稱蘭亭絕唱。」安史之亂以後南方各鎭一般都以文吏爲方鎭，故選任幕僚更多文化型，這一點是我們研究唐代幕府與文學創作關係的前提。幕府文士選任非常重視文辭，故進士出身比例甚大，此類以南方幕府爲多。所謂經濟型指入幕主要爲生計考慮，沈亞之《與路鄜州書》云：「且走來閤下之門者，亦不獨盡窮餓無依而來求粟帛於閤下，亦有抱其智，懷其才，聞閤下好賢而來求臧否於閤下。」由此可知當日投方鎭入其幕者不少人都是爲解決衣食之事，中唐文人入幕還把衣食之事放在仕進之下，《昌黎先生集》卷十七《與衛中行書》云：「於汴徐二州，僕皆爲之從事，日月有所入，比之前時，豐約百倍，足下視吾飲食衣服亦有異乎。然則，僕之心或不爲此汲汲也，其所不忘於仕進者，亦將小行乎其志耳，此未易遽言也。」到晚唐爲生計入幕者甚多，「今之諸侯延賓府，禮賢俊，非盡能備策謀樽俎之事，徒係官秩廩食而已，至於藩方有事，鮮能有濟危紓難者。」（《千唐誌齋藏誌》一一一一《張信墓誌銘》）張信開成初爲義昌李彥佐巡官。此類不僅存在於經濟發達地區，更多的是在具有自主權（相對獨立於中央政府之外的割據和半割據）的方鎭區。

三、和典籍結合：唐人選唐詩

文人的空間排序和典籍的結合是一特殊方式，這些被列在一起的文人可以在實際生活中沒有接觸和交往，這種排列是由於一個人出於某種目的將他們放在一個空間來考察，此可稱之爲依事物性質所作的合併和歸類的空間組合。這種組合帶有主觀和人爲的色彩，并有某種偶然性，一些唐人選唐詩即可作如是觀。

《翰林學士集》（見傅璇琮先生編撰《唐人選唐詩新編》，陝西人民教育出版社，一九九六年七月，下同）是唐初宮廷君臣唱和詩的選集，據傳爲許敬宗所編，文人空間排列是以皇帝和皇族爲中心的，以歌功頌聖美化昇平爲內容。如《五言奉和侍宴儀鸞殿早秋應詔并同應詔四首并御詩》詩，太宗《賦得早秋》：「寒驚薊門葉，秋發小山枝。松陰背日轉，竹影避風移。提壺菊花岸，高興芙蓉池。欲知涼氣早，巢空燕不窺。」長孫無忌應詔結句云：「既承百味酒，願上萬年杯。」楊師道云：「稱觴奉高興，長願比華嵩。」朱子奢云：「承恩方未極，無由駐落暉。」許敬宗云：「小臣參廣宴，大造諒難酬。」關於這類詩的寫作背景，都和許敬宗在《五言侍宴中山詩序》中說的差不多：「皇帝廓清遼海，息駕中山，引上樽而廣宴，奏夷歌而昭武。於時綺窗流吹，帶薰風而入襟；雕梁起塵，雜飛煙而承宇。更深露湛，聖懷興豫。爰詔在列，咸可賦詩。各探一字，四韻云爾。」這樣的文人空間聚合也就決定了他們詩歌的格調。

《河嶽英靈集》則屬於另一形式的文人空間聚合，即編選者以一種標準使一批文人以特殊方式排列在一處，殷璠在《序》中說，入選作品應是：「既閑新聲，復曉古體，文質半取，風騷兩挾。」選取也相當嚴肅，「如名不副實，才不合道，縱權壓梁、竇，終無取焉。」從《河嶽英靈集》可以瞭解開元、天寶詩壇的風貌。

唐人選唐詩所展示的文人空間排序的特殊形式，不僅可以使人們瞭解一定時代的文學風貌，還可以幫助人們作出如下的思考。一、被選者如在世，他自然會認同這樣一種空間組合，也就是說他很珍惜這樣的空間組合，并爲這一空間組合的合理性和優越性作出進一步的努力。如有不同看法，也是在這種組合的前提下發表自己的觀點，如初唐四傑在當時以文辭齊名，海內稱「王楊盧駱」，而楊炯則說：「吾愧在盧前，恥居王後。」此例和唐人選唐詩有非常相似的地方，亦可移來解釋唐人選唐詩的空間排列的認同和異議。二、由於編選者是依照一定的標準所進行的文人空間排列的歸類和合併，所以唐人選唐詩本身就提供了一個讓後人在一定程度上瞭解當時詩歌範式和審美風尙的物質形態。如果後人對前代某一文人空間序列產生濃厚的興趣，并進行充分的模仿，或者對前面的某種空間序列不滿有意識地背道而馳，無論如何，一個新的文人空間序列又會出現。《全唐詩》卷六七五鄭谷《續前集二首》之一云：「殷璠裁鑒《英靈集》，頗覺同才得旨深。何事後來高仲武，品題《間氣》未公心。」一透露出某種信息。因爲文獻不足，我們已無法弄清其中的細節，如果我們聯係一下宋代產生的江湖詩派，就會對以典籍爲中介的文人空間組合的形態和意義有進一步的認識，江湖詩派是在反對江西詩派學習晚唐中組建的新序列，同樣印證了我們對文人空間排序的觀點。三、以典籍爲物質形態的文人的空間排序有其局限性，排序的出發點應該是爲了張揚文學流派，將創作引向健康的軌道，但與之相關的負面影響也同時存在，即有可能使創作納入同一範式，抑制了文學風格多樣化。

四、和文化行為結合：編纂群體

這種文人空間排序是因某種文化事業造成的，如宋代一幫文臣楊億、劉筠、錢惟演等奉命編纂《歷代君臣事跡》（完成時定名《冊府元龜》），他們在祕閣編纂之餘，進行詩歌唱和，其詩結集成《西崑酬唱集》。唐代也有類似的情況，如武后時，一批宮廷文人修《三教珠英》，崔融集其詩成《珠英集》，宋晁公武《郡齋讀書誌》卷二〇載：「《珠英學士集》五卷，右唐武后朝詔武三思等修《三教珠英》一千三百卷，預修書者四十七人，崔融編集其所賦詩，各題爵里，以官班爲次，融爲之序。」這種文人的空間聚合，一是規模大人員多，二是時間相對較長，三是文人文化素質大致相近，因之其詩歌的格調、內容也比較單一呆板。《珠英集》自宋以後散佚，敦煌石窟打開，寫本《珠英集》始面世（參《唐人選唐詩新編》頁四一）。

唐初修撰史書的文士也是性質相似的空間聚合。貞觀年間，尙書左僕射房玄齡、侍中魏徵、散騎常侍姚思廉、太子右庶子李百藥孔穎達、禮部侍郎令狐德棻、中書侍郎岑文本、中書舍人許敬宗等，撰成周隋梁陳齊《五代史》（《唐會要》卷六三史館上）。房玄齡等人修《晉書》，《唐會要》載：「於是司空房玄齡、中書令褚遂良、太子左庶子許敬宗掌其事，又中書舍人來濟、著作郎陸元仕、著作郎劉子翼、主客郎中盧承基、太史令李淳風、太子舍人李義府薛元超、起居郎上官儀、主客員外郎崔行功、刑部員外郎辛丘馭、著作郎劉胤之、光祿寺主簿楊仁卿、御史臺主簿李延壽、校書郎張文恭，并分功撰錄。又令前雅州刺史令狐德棻、太子司儀郎敬播、主客員外郎李安期、屯田員外郎李懷儼，詳其條例，量加考正。」

上述編撰皆發生在上層，也有在下層的，如陸質等人「春秋學」的研習編纂。《新唐書》卷二〇〇《儒學傳》云：「（啖）助門人趙匡、陸質，其高第也。助卒，年四十七。質與其子異裒錄助所爲春秋集註總例，請匡損益，質纂會之，號纂例。」《纂例》是他們的共同成果，凝聚了他們三人對《春秋》學的理解和發明。

據陸質《春秋例統序》（《全唐文》卷六一八），趙匡先後爲陳少遊宣歙、浙東二府從事，并就學於啖助。《序》云：「啖先生諱助，字叔佐，關中人也。聰悟簡淡，博通深識。天寶末客於江東，因中原難興，遂不還歸。以文學入仕，爲臺州臨海尉，復爲潤州丹陽主簿。秩滿，因家焉。陋巷狹居，晏如也。始以上元辛丑歲集三傳，釋春秋，至大曆庚戌歲而畢。趙子時宦於宣歙之使府，因往還浙中，途遇丹陽，乃詣室而訪之，深話經意，多嚮合期。反駕之日，當更討論。嗚呼，仁不必壽。是歲，先生即世，時年四十有七。是冬也，趙子隨使府遷鎮於浙東。淳痛師學之不彰，乃與先生之子異躬自繕寫，共載以詣趙子。趙子因損益焉，淳隨而纂會之，至大曆乙卯歲而書成。」陸質，本名淳，因避憲宗名改之。趙匡與陸質後又同入陳少遊淮南幕。《新唐書》卷一六八《陸質傳》云：「明《春秋》，師事趙匡，匡師啖助，質盡傳二家學。陳少遊鎮淮南，表在幕府。」又《柳宗元集》卷九《唐故給事中皇太子侍讀陸文通先生墓表》注引孫曰：「匡，字伯循，河東人，歷淮南節度判官、洋州刺史。」趙匡爲淮南判官當在浙東之後，與陸質同幕。因此，其幕府生活與經學研究的經歷可列述如下：

大曆元年至五年，啖助集三傳釋春秋，趙匡時爲宣歙幕僚，向啖助請教并討論春秋經義；

大曆五年至八年，趙匡爲浙東幕僚，陸質攜啖異赴浙東與趙匡討論春秋經義，修改編撰《春秋纂例》；

大曆八年至興元元年，趙匡、陸質爲淮南幕僚，陸質入幕或因趙匡的推薦，二人同時討論春秋經義，至大曆乙卯（大曆十年）而成《春秋纂例》。

可見，《春秋纂例》這樣重要的經學研究成果是在幕府中定稿的。從文化區域看，江浙一帶素有經學傳統，出現了不少經學大家。《隋書‧儒林傳》載：「吳郡褚輝，字高明，以《三禮》學稱於江南。」「餘杭顧彪，字仲文，明《尚書》、《春秋》。」「餘杭魯世達，煬帝時爲國子助教，撰《毛詩章句義疏》四十二卷，行於世。」「吳郡張沖，字叔玄……撰《春秋義略》，異於杜氏七十餘事。」隋唐之際，陸士季從同郡顧野王學《左氏春秋》（《新唐書‧孝友傳》）。蘇州人朱子奢從鄉人顧彪學《左氏春秋》（《新唐書‧儒林傳上》）。這樣的文化氛圍有助於出現象陸質這樣的經學大師。另外，文化的南移在客觀上部分打破了中央文化一統的局面，產生了一些新思想，陸質等人對傳統經學的突破正是出現在這一文化背景之下。

文人的生存需要自己的空間，文人的生活變化也會時刻改變著自己的生存空間，如文士受到貶謫，就頃刻間失去原有的空間序列，而會重新建立一個空間組合；同樣一位隱士，一旦徵辟到朝廷來，他的生存空間就會從山林移到宮殿，而他與周圍文士構成的空間組合也隨之發生變化。因此，文人的空間組合併不是固定不變的，當一個文人進入了新的空間排序，則意味著他原在的空間排序已被改變，甚或被解析而喪失。也正因爲如此，文人的空間聚合與分離給文化帶來刺激，給文學發展帶來生機。

盛唐社會背景中的邊塞詩

一、盛唐文人入幕幷非普遍時代風氣

盛唐邊塞詩繁榮的原因是多方面的，其中之一就是文人入邊幕。因此，文人有機會走向邊地絕域，領略邊地戰斗風采和奇異風光。岑參可謂是這方面的代表詩人。對於文人入幕在盛唐的情形，學界尙未作過很細緻的分析，一般人都認爲盛唐時代知識分子赴邊是一普遍的時代風氣，「在盛唐時代，由於國勢強盛，交通便利，與邊境各少數民族交往密切，特別是廣大中、下層知識分子，欲求仕進，每遇戰事常常把投筆從戎作爲『躡級進身』之捷徑。」（肖澄宇《關於唐代邊塞詩評價的幾個問題》，見甘肅教育出版社《唐代邊塞詩研究論文選粹》）這基本上是唐詩研究者的共識。確實，文人入幕，促進了邊塞詩的長足發展。問題是人們所估計的知識分子赴邊的規模及其對文學的影響是否符合當時的眞實情況。之所以會出現這種情況，殆緣於研究者所常引用來說明問題的明代胡震亨一段話的影響：

唐詞人自禁林外，節鎮幕府為盛。如高適之依哥舒翰，岑參之依高仙芝，杜甫之依嚴武，比比而是。中葉後尤多。蓋唐制，新及第人，例就外幕。而布衣流落才士，更多因緣幕府，躡級進身。要視其主之好文如何，然後同調萃，唱和廣。《摭言》稱：李固言在成都，有李珪、郭圓、袁不約、來擇諸人從公，為一時蓮幕之盛，惜其詩不傳。惟裴度開淮西幕，有韓愈、李正封郾城聯句詩；徐商帥襄陽，有周繇、段成式、韋蟾、溫庭皓漢上題襟集；崔璞領吳郡，皮日休為從事，有吳士陸龜蒙、司馬都、鄭壁、魏樸、顏萱及隴西李縠、南陽張賁，共撰松陵集，尚有存者。其人故掌箋之遺秩，其詩亦應教之緒篇也歟？（《唐音癸籤》卷二十七）

然而這一段話卻有相當多的問題。例如，胡氏此處言「節鎮幕府」，又云「崔璞領吳郡」，顯與事實不符：皮日休爲蘇州刺史辟爲軍事判官，不屬「節鎮幕府」，只能算是支郡（州）幕僚。另外，胡氏這一段話，含混而易使人產生歧義者有二：其一，「節鎮幕府」下引高適、岑參、杜甫爲例，言「比比而是」，推究胡氏之意當指盛唐之事。按安史亂起，杜甫流亡入蜀，爲嚴武所辟，此與高適、岑參入邊幕，在時間上不能等同處理，應列入中唐。又「比比而是」承高適等而下，極言其多，亦過於含混，後人所云盛唐「廣大」文人赴邊參幕的表述即緣於此；其二，「蓋唐制，新及第人，例就辟外幕」的概括不嚴密，如對盛唐及第文人的去向作一調研，便知事實并非如此。所謂「新及第人，例就外幕」者，只是安史亂後中晚唐的大致情況，其實用「例」字來概括也是不準確的。幕府文人之盛，也以中晚唐爲最，如上列李固言、裴度、徐商領鎮時文事頗盛即是。總之，後人因胡氏的「比比而是」得出盛唐文士入幕乃一時風會，廣大知識分子投筆從戎的結論，是值得討論的。

根據《唐會要》（上海古籍出版社）卷七十八，盛唐幾個主要邊鎮設置情況大致如下：

朔方：「朔方節度使，開元元年十月六日敕：『朔方行軍大總管，宜準諸道例，改爲朔方節度使，其經略、定遠、豐安軍，西、中受降城，單于、豐、勝、靈、夏、鹽、銀、匡、長、安樂等州，并受節度。』……天寶五載十二月除張齊丘，又加管內諸軍採訪使。已後遂爲定額。」

河東：「河東節度使，開元十一年以前，稱天兵軍節度。其年三月四日，改爲太原已北諸軍節度。至十八年十二月，宋之悌除河東節度，已後遂爲定額。」「天兵軍，聖曆二年四月置，大足元年五月十八日廢。長安元年八月又置。景雲元年又廢。開元五年六月二十四日，張嘉貞又置。十一年三月四日，改爲太原已北諸軍節度使。」

隴右：「隴右節度使，開元元年十二月，鄯州都督陽矩除隴右節度，自此始有節度之號。至十五年十二月，除張志亮，又兼經略、支度、營田等使，已後爲定額。」

河西：「河西節度使，景雲二年四月，賀拔廷嗣爲涼州都督，充河西節度使，自此始有節度之號。至開元二年四月，除陽執一，又兼赤水、九姓、本道支度、營田等使。十一年四月，除張敬忠，又加經略使。十二年十月，除王君㚟，又加長行轉運使，自後遂爲定額也。」

安西四鎮：「安西四鎮節度使，開元六年三月，楊嘉惠除四鎮節度、經略使，自此始有節度之號。十二年以後，或稱磧西節度，或稱四鎮節度。至二十一年十二月，王斛斯除安西四鎮節度，遂爲定額。」

範陽：「範陽節度使，先天二年二月，甄道一除幽州節度、經略、鎮守使……天寶元年十月，除裴寬爲範陽節度使，經略、河北支度、營田、河北海運使，已後遂爲定額。」

劍南：「劍南節度使，開元五年二月，齊景胄除劍南節度使、支度、營田、兼姚、嶲等州處置兵馬使，因此始有節度之號。」

《唐會要》記載或有出入，但大致不誤。由此可見，這幾個邊鎮設立時間在開元前後，到天寶十四載（七五五）安史之亂起，前後約四十年。在這漫長的歲月裡，文士入邊究竟有多少人，是否「比比而是」，我們當從實際出發去尋求解答。

所謂「文士」，今人稱「知識分子」，其界限較難確定，但有幾個參照係：一是登科進士，唐代科舉取士，諸科中尤重進士，試以詩賦。一般說，進士及第者當爲「文士」；二是有作品（詩、賦、雜文）留存者，偶爾爲之視具體情況而定。如果比照這兩點，大致確定文士的範圍，庶幾得之。據《登科記考》，進士及第情況如下：

時間	及第數
開元元年	七一
二年	一七
三年	二一
四年	一六
五年	二五
六年	三二
七年	二五
八年	五七
九年	三八
十年	三三
十一年	三一
十二年	二一
十四年	三一
十五年	一九

時間	及第數
十六年	二〇
十七年	二六
十八年	二六
十九年	二三
二十年	二四
二十一年	二五
二十二年	二九
二十三年	二七
二十四年	二〇
二十五年	二七
二十六年	二三
二十七年	二四
二十八年	一五
二十九年	一三

時間	及第數
天寶元年	二三
二年	二六
三載	二九
四載	二五
五載	二一
六載	二三
七載	二四
八載	二〇
九載	二一
十載	二〇
十一載	二六
十二載	五六
十三載	三五
十四載	二四

按開元十三年闕，未停考。從開元元年至天寶十四載進士及第者前後計約一千一百人，此僅是進士及第者，若再加上諸科有文辭者就不計其數，高適即爲有道科中第。結合《全唐詩》、《全唐文》的作者，這一階段文士即相當可觀。《舊唐書・高適傳》云：「天寶中海內事干進者，注意文詞。」在這種風氣下，文士進身就并非入邊幕一途了。如此龐大的文士階層，其入邊幕者是屈指可數的，簡略統計如下：

朔方四人：郭虛己，《全唐詩補編・續拾》卷一二收其詩一首，《千唐誌齋藏誌》存其撰《墓誌》一篇。牛仙客，《全唐文》卷三〇〇收文六篇，《全唐詩補編・續補遺》卷三收其詩一首。郭、牛二人皆武夫，詩文恐爲他人代作。蕭直，據《全唐文》卷三九二獨孤及《蕭直墓誌銘》：「十歲能屬文工書……十七舉明經上第，名冠太學，二十餘以書記參朔方軍事。」

杜鴻漸，《新唐書》卷一二六《杜鴻漸傳》：「鴻漸第進士，解褐延王府參軍，安思順表爲朔方判官。」

隴右二人：哥舒翰，《全唐文》收其文一篇，《全唐詩補編・續拾》卷一三收其詩一首又二句。哥舒翰明爲一介武夫。嚴武，史言其能詩，多散佚，《全唐詩》卷二六一僅錄存其詩六首，《全唐詩補編・續補遺》卷三補詩一首，《唐文拾遺》卷二二錄文二篇。

河西十人：薛僅，開元十六年，才高未達，沈跡下僚科登第，《全唐文》卷三六二《屯留令薛僅善政碑》云其「以才略奏請充管記」。牛仙客、郭虛己參上朔方條。王維，參《唐才子傳校箋》。許遠，《全唐文》卷三四五收文二篇，《全唐詩補編・續拾》卷一三收詩一首。高適，參《唐才子傳校箋》。呂諲，《舊唐書・良吏傳》云其天寶初進士及第。蕭昕，《全唐詩》卷一五八存詩二首，《全唐詩補編・續拾》卷一八補詩一首，《全唐文》卷三五五存文十篇。嚴武，參隴右條。李華，有《李遐叔文集》四卷。楊炎，《全唐詩》卷一二一存詩二首，《全唐文》卷四二一、四二二存文二卷。

安西四人：岑參，參《唐才子傳校箋》卷三。李棲筠，《全唐詩》卷二一五存詩二首，《全唐文》卷三七〇存文二篇。蕭沼，《全唐詩補編・續拾》錄蕭沼詩一首。張謂，參《唐才子傳校箋》卷四，《全唐詩》卷一九七存詩一卷，《全唐文》卷三七五存文二篇。

河東二人：王翰，《全唐詩》卷一五六存詩一卷，《全唐文》卷三五五存文一篇。孫逖，《全唐文》卷三〇八至三一三存文六卷，《全唐詩》卷一一八錄詩一卷。

幽州二人：樊衡，《全唐文》卷三五二樊衡《爲幽州長史薛楚玉破契丹露布》，樊開元十五年武足安邊科登第。徐浩，《全唐詩》卷二一五存詩二首，《全唐文》卷四四〇、《拾遺》卷二七存文六篇。

劍南三人：楊仲昌，《全唐文》卷二三五席豫《唐故朝請大夫吏部郎中上柱國高都公楊府君碑銘并序》：「劍南節度使益府長史韋抗奏公爲管記，飛書之急，倚馬立成。」蔡希周，《全唐詩》卷一一四存詩一首。許遠，參河西條。

以上的統計，有兩個誤差，一是現存材料的限制，不能完全反映當時的實際；二是文士標準參照進士及第和作品留存尚有其局限。如哥舒翰、牛仙客、郭虛己等顯爲武夫。又如許遠，《全唐文》存文二篇，《全唐詩補編·續拾》存詩一首，卻不以文名。唐代前期邊幕多武人，或雖爲文士卻能知兵，如高適、杜鴻漸等後都爲方面大員，統一方軍事。另外，文獻記載其爲掌書記，但無作品留存，亦無進士及第之記載者僅兩三人，也沒有統計入內。儘管我們的統計有些問題，但仍然有力地說明下列事實：從開元初到天寶末約四十年間，七個邊地重鎮的幕府文人僅二十余人，這和其間千余文士相比，只是極少數，所謂盛唐廣大知識分子赴邊爲一時風氣的表述是錯誤的。

盛唐文人入幕是個別的，造成這種狀況的原因是多方面的（甚至還帶有某種偶然性，如王維二十一歲進士及第，仕途較順，不是奉使也不至於赴邊地幕府），這裡作一簡要分析。

第一，與仕進的關係。盛唐國力強大，政治開明，給士人提供了多種出路，科舉考試外，有獻文入仕，有因人舉薦入仕等。前者如杜甫；後者如李白。入邊地取軍功在盛唐尙是文人的理想，對武職僚佐更爲實際。有人認爲「強盛的國力鼓舞了文人謳歌邊塞功業的熱情，大事邊功又給他們開闢了一條封侯的捷徑」，所謂「捷徑」之說缺少根據。邊帥的榮寵并不一定就能帶來部下的昇遷。高適由河西返回長安，如不是安史之亂發生，連從八品上的監察御史也未必能得到。岑參兩次出塞，拋去青春年華，到了鳳翔，因人推薦，才做了右補闕，僅從七品上。因此，「因緣幕府，躡級進身」在盛唐還缺少社會條件。

第二，與遊邊的關係。盛唐人喜遊歷，遊邊也是其中一方面，遊邊可視爲入幕的便捷補充形式。但我們應該注意到，唐人遊邊，一般不會深入，只是在幽薊、河東一帶，當時京都長安，地處西北，文人游邊卻反而多爲東北，看來其主要還不是向往邊地、求名立功的需要，此可再深入探討。其要有二：一是受古來燕趙多慷慨悲歌之士風習影響，遊歷以壯其氣；二是幽燕比較安全，既可以滿足文士的某種需求，也可以少付代價，換言之，用遊邊代替入幕既可滿足士人尋求新鮮的心理和求取邊功的熱情，又可以少受邊塞之苦寒和離家太久的孤獨，岑參的經歷正是有力的反證。有游邊經歷的重要作家如崔顥、李白、王昌齡，對他們的遊邊宜作具體分析，而遊邊對他們創作邊塞詩有比較大的影響，《河嶽英靈集》說崔顥「一窺塞垣，說盡戎旅」即是。不錯，盛唐詩人中并非只有高、岑說過「功名只向馬上取」的豪言壯語，但大多數士人僅僅停留在願望上，沒有付諸行動。李白遊燕薊，未能深入西北邊陲，他「方陣五餌策」極可能是些虛泛不實的內容。

第三，與個性的關係。盛唐入邊幕者大多個性奇特。嚴武，《舊唐書》本傳稱：「神氣雋爽，敏於見聞，幼有成人之風，讀書不究精義，涉獵而已。」王翰，《新唐書》本傳稱：「少豪健恃才，及進士第，然喜蒱酒。」高適，《河嶽英靈集》云：「性拓落，不拘小節，恥預常科。」《舊唐書》本傳云少拓落，不事生業，家貧，客於梁宋，以求丐取給。岑參，其個性文獻語焉不詳，杜甫言「岑參兄弟皆好奇」，這種「好奇」的品性，是其能深入「絕域」的內在驅動力。「好奇」用之於文學，可以「語奇體峻，意亦造奇」（《河嶽英靈集》），「屬辭尚清，用意尚切，其有所得，多入佳境，迥拔孤秀，出於常情。」（《岑嘉州詩集序》）但以之入仕恐有不當，故《爲補遺薦岑參狀》（《錢注杜詩》卷二〇）只贊許其「識度清遠，議論雅正」，而不提其「好奇」，非不奇也。同樣好奇，何以岑參、李白在實踐上有別，除各人的際遇外，一個重要原因即是在艱苦面前的承受能力不同。岑參「早歲孤貧，能自砥礪」，而李白屬才子型，大多言過其實，耐不得辛苦。另外，盛唐大詩人還有王維、杜甫，王維入幕出於偶然；杜甫沉穩忠厚，不會走邊幕，他寧可「朝扣富兒門，暮隨肥馬塵」。

我們認爲，胡震亨言盛唐文人入節鎮幕府「比比而是」以及後人由此引發的盛唐廣大中下層知識分子入邊幕蔚爲風氣的說法大有偏頗之處：其誤在於以偏概全。高適、岑參等著名詩人入邊幕在當時也還是個別現象，真正是邊地幕府中的文人屈指可數。那種說他們「因緣幕府，躡級進身」的看法同樣與當時情形不盡吻合，盛唐不能與中晚唐相比。因此，對高適、岑參，特別是岑參能走向「絕域海西頭」，從個人性格、品格及創作上都應給以更高的評價。

設想沒有高、岑的入邊，唐代詩壇也許就沒有如此獨特的盛唐邊塞詩，那只有唐人用自己達到的詩歌創作水平在傳統題材的因襲中加入現代生活內容的一般作品。

因此，可以這樣說，高、岑進入邊地幕府重要的原因取決於其個性，而個性所造成的總是個別現象。

二、盛唐文人入幕相關的一些問題

盛唐邊鎮有安西、北庭、河西、朔方、河東、範陽、平盧（範陽平盧後皆為幽州）、隴右、劍南及嶺南五府經略使。相比較而言，安西、北庭、河西而外，其他諸鎮與內地相接或靠近。值得注意的是：盛唐文士（特別是著名詩人）卻捨近求遠，如高適入河西幕，岑參入安西北庭。這種偶然現象中當有一定的規律可探求，其中蘊含著入邊士人的價值取向。爲了研究的深入，在此對當時邊鎮的情況作一簡要的分析。

據《舊唐書・地理志》，「安西節度使，撫寧西域，統龜茲、焉耆、于闐、疏勒四國。」安西都護府治所在龜茲國城內。「北庭節度使，防制突騎施、堅昆、斬啜，管瀚海、天山、伊吾三軍。」北庭節度使治所在北庭都護府。「河西節度使，斷隔羌胡，統赤水、大斗、建康、寧寇、玉門、墨離、豆盧、新泉等八軍，張掖、交城、白亭三守捉。」河西節度使府治在涼州。「朔方節度使，捍御北狄，統經略、豐安、定遠、西受降城、東受降城、安北都護、振武等七軍府。」朔方節度使府治在靈州。「河東節度使，掎角朔方，以御北狄，統天兵、大同、橫野、岢嵐等四軍，忻、代、嵐三州，雲中守捉。」河東節度使治太原府。「範陽節度使，臨制奚、契丹，統經略、威武、清夷、靜塞、恒陽、北平、高陽、唐興、橫海等九軍。」範陽節度使治幽州。「平盧節度使，鎮撫室韋、靺鞨，統平盧、盧龍二軍，榆關守捉，安東都護府。」平盧軍節度使府治在營州。「隴右節度使，以備羌戎，統臨洮、河源、白水、安人、振武、莫門、寧塞、積石、鎮西等十軍，綏和、合川、平夷三守捉。」隴右節度使府治在鄯州。「劍南節度使，西抗吐蕃，南撫蠻獠，統團結營及松、維、蓬、恭、雅、黎、姚、悉等八州兵馬，天寶、平戎、昆明、寧遠、澄川、南江等六軍鎮。」劍南節度使治所在成都府。另外，「嶺南五府經略使，綏靜夷獠，統經略、清海二軍，桂管、容管、安南、邕管四經略使。」五府經略使府治在廣州。詳列如上，則可以瞭解各邊鎮的設防和任務。進而分析邊地形勢和安危，以闡明開元後期至安史亂前入邊文士的選擇。

盛唐邊患主要是吐蕃，保衛大西北，捍衛河湟、隴右是邊塞的大任務，戰爭不可避免。這裡據《資治通鑒》將邊鎮的一些重要戰事列舉如下：安西，開元二十三年冬十月，突騎施寇北庭及安西撥換城。二十四年正月，北庭都護蓋嘉運擊突騎施，大破之。開元二十五年十二月，吐蕃屠達化縣，陷石堡城，蓋嘉運不能御。天寶九載，安西四鎮節度使高仙芝僞與石國約和，引兵襲之。天寶十載，石國和諸胡、大食與唐戰，仙芝大敗，士卒死亡略盡，所餘僅幾千人。天寶十二載，安西節度使封常清擊大勃律，至菩薩勞城……遂大破之，受降而還。

河西，開元二十五年二月節度使崔希逸襲吐蕃，破之於青海西。開元二十六年三月，吐蕃又寇河西，崔希逸擊破之。天寶元年十二月節度使王倕奏破吐蕃漁海及遊弈等軍。幽州，開元二十二年六月，幽州節度使張守珪大破契丹，十二月斬契丹王屈烈及可突干。開元二十五年二月，張守珪破契丹於捺祿山。開元二十七年幽州將趙堪、白真陀羅擊奚，敗，守珪隱其敗狀，以克獲聞。二十八年秋八月，幽州奏破奚、契丹。天寶四載，安祿山討破奚、契丹，九載，安祿山屢誘奚、契丹。隴右，開元二十六年三月，杜希望攻吐蕃新城，拔之，以其地爲威戎軍。二十六年七月，杜希望將鄯州之衆奪吐蕃河橋，築鹽泉城於河左，吐蕃發兵三萬逆戰，希望衆少不敵，將卒皆懼，左威衛郎將王忠嗣帥所部先犯其陣，所向辟易，殺敵數百人，虜陣亂，希望縱兵乘之，虜遂大敗，置鎮西軍於鹽泉。天寶元年十二月，隴右節度使皇甫惟明奏破吐蕃大嶺等軍，又奏破青海道莽布支營三萬。天寶二年三月皇甫惟明引軍出西平，擊吐蕃，行千餘里，攻洪濟城，破之。天寶四載九月皇甫惟明與吐蕃戰於石堡城，爲虜所敗，副將戰死。天寶七載，哥舒翰築神威軍於青海上，吐蕃至，翰擊破之，又築城於青海中龍駒島，謂之應龍城，吐蕃屏跡不敢近青海。天寶十二載哥舒翰擊吐蕃，拔洪濟、大漠門等城，悉收九曲部落，「是時中國盛強……天下稱富庶者無如隴右。」劍南，開元二十六年九月吐蕃大發兵救安戎城，王昱衆大敗，死者數千人。二十八年三月章仇兼瓊殺安戎城中吐蕃將卒。六月吐蕃圍安戎城，十月發彍騎救之，吐蕃引去。天寶十載四月鮮于仲通討南詔蠻，大敗於瀘南。朔方河東，天寶三載二月以朔方節度使王忠嗣兼河東節度使，忠嗣少以勇敢自負，及鎮方面，專以持重安邊爲務，常曰：「太平之將，但當撫循訓練士卒而已，不可疲中國之力以邀功名。」既兼兩道節制，自朔方至雲中，邊陲數千里，要害之地，悉列置城堡，斥地各數百里，邊人以爲自張仁亶之後，將帥皆不及。

由此可知，玄宗開、天年間與吐蕃的交戰集中在西部（西南、西北）戰場。其中劍南西抗吐蕃，南撫蠻獠，主要卻是撫安南詔。劍南節度使治所成都，氣候溫和，雨量充沛，土地肥沃，有「天府之國」的稱譽，開元後期，天寶年間唐軍與吐蕃在此摩擦較少。開元二十七年，張宥爲節度使，《資治通鑑》卷二一四云：「劍南節度使張宥，文吏，不習軍旅，悉以軍政委團練副使章仇兼瓊。」以文吏爲方面大帥，在安史亂前是很少有的，這絕非偶然。劍南半邊半內，南詔方面戰事，集中在天寶十載、十二載，鮮于仲通、李宓慘敗於南詔。劍南文士相對較少，河東、朔方亦復如此，這說明赴邊文士不追求環境的安寧和舒適。

另外，東北幽州（範陽、平盧）天寶年間多在安祿山手中，或有戰事，多爲安祿山誘殺契丹所致，安祿山以武雄邊，權傾朝野，幕吏遷轉不常，但其幕中文士很少，這說明安祿山并不倚重文士，同時也與他「外示忠而內謀逆」有關。因此，清醒的文士不願也不敢輕易入其幕。

河西常爲文士入幕之所。這主要和天寶後期哥舒翰的武功和對文士倚重相聯繫。《資治通鑑》卷二一六云：「是時中國盛強，自安遠門西盡唐境二千里，閭閻相望，桑麻翳野，天下稱富庶者無如隴右。翰每遣使入奏，常乘白橐駝，日馳五百里。」《冊府元龜》卷七二八記載高適入幕，針對哥舒翰特別指出：「時邊將用事，務收俊乂。」特定的自然和人際環境於是吸引了一批文士。儘管入邊士人不貪求安適，但過於遙遠的邊地和艱苦的環境也使他們難以應付，河西隴右雖遠，但較之安西、北庭還是地近京師的。正是從自然條件和建功立業兩方面考慮，河西成了文人入幕的理想之處。

一般說來，文士對於從軍入幕容易產生心理矛盾：理想過高而不能實現，願意超越困難但缺少毅力。這在高適、岑參那裡也有所表現。事實上，邊塞之苦人所共知，此爲文士入幕的第一重障礙。高適《贈別王十七管記》「轉戰輕壯心，立談有邊策」一類豪氣，只是在未履邊關之前纔表現得極爲充分。所以儘管高適羨慕別人「關塞鴻勛著，京華甲第全」，但自己尚非常猶豫：「直道常兼濟，微才獨棄捐，曳裾誠已矣，投筆尚悽然。」其《宋中遇劉書記有別》云：「男兒爭富貴，勸爾莫遲回。」悽然、遲回，正是文人入幕前的心理態勢。前程艱苦是無法超越的現實存在，隨著遠行的足跡，那孤獨之情，故鄉之戀會日益明豁而縈繫於心。高適入塞途中，寫下《登隴》詩，記錄了這位「喜言王霸大略，務功名，尚節義」任俠書生的心靈律動：「淺才登一命，孤劍通萬里，豈不思故鄉，從來感知己。」不難體會詩中士爲知己者用的豪俠之氣和踏上遙遠征程承受自然和心理的壓力所產生的遲疑、徬徨。由於距離的不同所產生的心理也就不同，具體說，高適入河西、岑參入安西北庭，其克服困難所需要的勇氣和毅力是不同的。分析他們入幕的經歷和心態有助於人們從一個方面瞭解盛唐知識分子的精神風貌。此以高適爲例作一簡述。

《舊唐書》本傳云：「逢時多難，以安危爲己任，然言過其術，爲大臣所輕。」《新唐書》本傳云：「以功名自許，而言浮其術，不爲縉紳所推。」意同。由此可見，高適的性格和追求功名的欲望使其走向邊地成爲自然的選擇。天寶八載，高適年四十六，應試中第，作封丘尉，他對此官甚爲不滿；天寶十一載，棄官西至長安，其後參河西幕，《舊唐書》本傳：「客遊河右，河西節度使哥舒翰見而異之，表爲左驍衛兵曹，充翰府掌書記。」《冊府元龜》卷七二八：「高適好學，以詩知名，爲汴州封丘尉。時邊將用事，務收俊乂，河西節度使哥舒翰表適爲左驍衛兵曹，充掌書記。」他在長安無路可走，適逢哥舒翰徵辟，自然情緒爲之一振，視哥舒翰爲知己。但高適畢竟年近半百，赴邊謀求功名，心情是複雜的。其《金城北樓》云：「爲問邊庭更何事，至今羌笛怨無窮。」《登百丈峰二首》：「惟見鴻雁飛，令人傷懷抱。」哀怨的羌笛、歸去的鴻雁，無一不觸動作者深處的隱痛，「馮唐易老，李廣難封」啊。還是去年同登慈恩寺塔的詩友杜甫最是知音，杜甫《寄高適三十五書記》云：「聞君已朱紱，且得慰蹉跎。」笑中不免帶有幾多苦澀、辛酸。

當然，河西隴右比較安定，哥舒翰其時戰績輝煌，這對那些想以安邊策建功業的文人有相當大的誘惑力。高適很快就投入到邊地火熱的生活之中，初次見到戰鬥的實況，歡欣鼓舞，《自武威赴臨洮謁大夫不及因書即事寄河西隴右幕下諸公》：「顧見征戰歸，始知士馬豪，戈鋋耀崖谷，聲氣如風濤。」「一朝感推薦，萬里從英髦。」以後高適詩中多爲對戰事的描寫和雄心壯志的抒發，很少艱苦環境的直接描寫。另一方面，置身邊地的悲涼并非蕩然無存，

《陪竇侍御靈雲南亭宴詩并序》云：「白簡在邊，清秋多興。況水具舟楫，山兼亭臺，始臨泛而寫煩，俄登陟以寄傲，絲桐徐奏，林木更爽，觴蒲萄以遞歡，指蘭芷而可掇。」靈雲南亭，爲邊地一景點，詩序中描寫，多主觀情緒的渲染，最後還是寫出了詩人內心掩飾不住的惆悵：「胡天一望，雲物蒼然，雨蕭蕭而牧馬聲斷，風裊裊而邊歌幾處，又足悲矣。」

和高適相比，岑參第一次入幕顯然一直沒有能擺脫思家戀親的情緒，「也知塞垣苦」只是入邊前的抽象認識。但可貴的是岑參在充分領略邊地苦寒和遠離家園的孤寂後毅然第二次投身邊幕，而且遠在安西北庭，這正表明了岑參頑強的意志和克服困難的勇氣，此在創作中具有重大意義。

因此，在分析盛唐邊塞詩時應該注意這樣一些問題：

文士創作邊塞詩，其入幕與不入幕者有較大差異（余恕誠先生在《戰士之歌和軍幕文士之歌》一文中作了詳細分析，富有啟發意義），他們在創作上反映出一個「距離感」，在認識過程或審美創造醞釀中，「距離」的遠近會直接制約著審美和創作的態度和角度。如描寫戰爭，人們離戰場的遠近，其判斷和感受會不相同。入幕文士更多從具體戰爭勝負與雙方力量轉移著眼，而旁觀者則多從人道主義立場來考察，此可謂一「遠觀」一「近翫」也。因此，我們會考慮到，在討論邊塞詩時用是否反對非正義戰爭爲標準容易產生一些混亂。

其次，入遠幕與入近幕者對邊塞的體驗不一樣。每個邊鎮的地理位置、戰略地位以及風俗人情的特定性對入幕者的心理影響不會相同，甚至反差很大，在創作中就顯示出各自的特色。考慮到這種因素，我們不僅可以將高適、岑參與其他邊塞詩人區別開來，而且也可以將岑參與高適區分開來加以闡述。使研究不再平面化，而具有層次感和立體感。

另外，未入幕的詩人作品多受傳統征戍詩的影響較深，大致描寫邊地苦寒士卒辛勞。以常見的《從軍行》爲例，在情緒和表現手法上，晉宋梁大致一脈相承：陸機《從軍行》起以「苦哉遠征人，飄飄窮四遐」，結以「苦哉遠征人，撫心悲如何」。顏延之《從軍行》起以「苦哉遠征人，畢力干時艱」，結以「逖矣遠征人，惜哉私自憐」。沈約《從軍行》起以「惜哉行夫子，憂恨良獨多」，結以「苦哉遠行人，悲矣將如何」。至唐代，王昌齡等人承襲傳統，故亦多在邊塞詩中描寫戰爭殘酷、閨怨婦愁。我們并不否認其倫理價值、現實內涵及藝術魅力，但傳統的因襲太重了，如果只有這樣的邊塞詩，恐怕就會讓人感到盛唐人總是用「唐詩」在重復敘說著一個古老的故事，無多創意。

二、高適、岑參邊塞詩影響

論唐代邊塞詩必稱高岑。高岑并稱始於杜甫。杜甫《寄彭州高三十五使君適虢州岑二十七長史參三十韻》：「高岑殊緩步，沈鮑得同行。意愜關飛動，篇終接混茫。」儘管這不是指邊塞詩的創作，但畢竟提供了一個對兩者進行比較的實例。如果僅從邊塞詩的角度來考察高岑在唐代文人眼中的位置，情形又該如何呢？

《河嶽英靈集》選錄了高岑的作品，并分別給以評論。評云：

> 評事性拓落，不拘小節，恥預常科，隱跡博徒，才名自遠。然適詩多胸臆語，兼有氣骨，故朝野通賞其文。至如《燕歌行》等篇，甚有奇句。且余所最深愛者「未知肝膽向誰是，令人卻憶平原君」。
>
> 岑詩語奇體峻，意亦造奇，至如「長風吹白茅，野火燒枯桑」，可謂逸才。又「山風吹空林，颯颯如有人」，宜稱幽致也。

殷璠特別提到高適的《燕歌行》，并選錄其邊塞作品《營州歌》、《塞上聞笛》以及與之有聯繫的《邯鄲少年行》。而所錄岑參作品七首，無一首是邊塞詩。《河嶽英靈集》選錄作品大致時限是開元二年至天寶十二載之間，此前岑參天寶八載至十載入安西已創作不少邊塞詩。《河嶽英靈集》選詩對邊塞詩并不排斥，如高適，又如錄崔顥詩十一首，有涉及邊塞的詩六首，《贈王威古》、《古遊俠呈軍中諸將》、《送單于裴都護》、《定襄陽郡獄》、《遼西》、《雁門胡人歌》。儘管岑參第一次入邊幕創作不豐，然尚有優秀邊塞詩作。殷璠選詩標準并不能代表當時的最高水平和普遍共識，至少可以反映一方面的審美意識。可以說岑參的邊塞詩并沒有引起時人的注意。

岑參天寶三載進士高第，據杜確《岑嘉州詩集》序：「早歲孤貧，能自砥礪，遍覽史籍，尤工綴文，屬辭尙淸，用意尙切，其有所得，多入佳境，迥拔孤秀，出於常情。每一篇絕筆，則人人傳寫，雖閭里士庶，戎夷蠻貊，莫不諷誦吟習焉。時議擬公于吳均、何遜，亦可謂精當矣。」文中提到人人傳寫的詩篇當指那些和吳、何風格近似者，即爲《河嶽英靈集》所收錄的一些篇目。另外收錄天寶三載前作品的《國秀集》也未收岑詩一篇。其實，《河嶽英靈集》選錄的一些詩篇有的就是天寶三載前的創作，岑參以詩成名時間尙不能確考，不過其一生并未以邊塞詩顯，是可以確定的。其後的一些唐詩選本也大致如此，韋莊《又玄集》選錄唐一百四十二家詩二百九十七首，高適一首《燕歌行》，岑參一首《終南山》詩。所選岑詩仍屬杜確序所云吳均、何遜一路。終唐之世，高適、岑參的邊塞詩并沒有引起人們的充分注意。《才調集》卷七錄岑詩四首，皆爲七絕：《苜蓿峰寄家人》、《玉關寄長安主簿》、《逢入京使》、《春夢》。卷三錄高適《燕歌行》，卷八錄其《封丘作》、《九月九日酬顏少府》。《才調集》爲韋縠選編，自云「今纂諸家歌詩，總一千首，每一百首成卷，分之爲十目」，此是有唐涵蓋面極廣的唐詩選本。高適、岑參詩被入選極有限，且七言歌行體邊塞詩作品僅《燕歌行》而已。

盛唐以後高岑詩的際遇，原因是複雜的。這和時代風尙，後人審美趣味有很大關係。他們的詩不爲後人所推崇，也可能與邊地喪失有關。安史亂後，吐蕃乘機佔有河湟隴右，鄯、秦、成、洮以及甘、涼、肅、瓜、沙等州相繼陷落，安西北庭亦爲吐蕃所佔。岑參筆下描繪的奇偉峻麗的大西北風情、景觀，如「平沙莽莽黃入天」，「一川碎石大如斗」（《走馬川行》）、

「北風卷地白草折，胡天八月即飛雪。忽如一夜春風來，千樹萬樹梨花開」（《白雪歌》）、「側聞陰山胡兒語，西頭熱海水如煮」（《熱海行》）、「火雲滿山凝未開，飛鳥千里不敢來」（《火山歌》），這一切中晚唐人是不能親眼所見的，不免有點隔膜。

中晚唐文人入幕極盛，非盛唐可比；幕中判官、掌書記、推官、巡官皆爲文士，乃至副使、行軍司馬亦爲文士充任。故中晚唐邊塞詩從數量上看遠遠超出了盛唐，但何以中晚唐邊塞詩人會忽視他們的先行者呢？這是因爲中晚唐文人入幕多爲內地：江浙、劍南、荆南、宣歙等處，他們既不能體會高岑赴邊的艱苦和克服困難的毅力，也感受不到大漠風塵、瀚海蒼莽的奇偉。他們的邊塞詩創作比重最大的是樂府詩，這又回到盛唐那不入邊地而創作邊塞詩的路子上去了；也就是說，他們并不是對高岑的繼承。

另外，從形式上看，高岑（特別是岑參）的邊塞七言歌行體，擺脫聲律的束縛，興之所至，意亦隨之，章法上有求新求奇的特點。這和中晚唐詩歌趨向細膩、講求韻律、追求纖濃的美學意趣是大相徑庭的。翻開中晚唐詩歌，邊塞題材中用七言歌行體的寥寥無幾，盧綸的《臘月觀咸寧王部曲娑勒擒豹歌》可算是鳳毛麟角的作品。高適《燕歌行》爲人所注意，其原因之一大概與此歌行多用律句有關，如「戰士軍前半死生，美人帳下猶歌舞。大漠窮秋塞草腓，孤城落日鬥兵稀。身當恩遇常輕敵，力盡關山未解圍。鐵衣遠戍辛勤久，玉筯應啼別離後。少婦城南欲斷腸，征人薊北空回首。邊庭飄搖那可度，絕域蒼茫更何有！殺氣三時作陣雲，寒聲一夜傳刁斗」。後人譽爲「駢語之中，獨能頓宕，啓後人無限法門，當爲七言不祧之祖」。

（《三唐詩品》）其實此詩是首和詩，作者其時尚未入邊幕作幕僚，故內容多傳統因襲，意象并不很具體，這首詩人們都認爲是高適邊塞詩作的代表，如果是這樣，讀岑參詩更覺鮮明、形象，譬諸畫家，高適此詩雖有借鑒，乃閉門作畫，而岑參則是寫生。高意在先而以意遣詞，岑摹範自然，寓意於自然之中。從形式上看，岑參詩歌雖間有對偶，但平仄不協調，比如《走馬川行》句句用韻，三句一轉。

以高岑并稱論詩者當始於宋嚴羽。其《滄浪詩話・詩體》云：「高岑之詩悲壯，讀之使人感慨。」確立了高岑在唐詩中的大家地位。其後詩評家遂喜將高岑并稱，或辨其異同，或軒輊高下。但他們都沒有對邊塞詩作專門評論：

高適詩尚質主理，岑參詩尚巧主景。（《唐音癸籤》卷五引《吟譜》）

高適、岑參之悲壯，李頎、常建之超凡，此盛唐之盛者也。（《唐詩品匯・總序》）

高岑一時，不易上下，岑氣骨不如達夫遒上，而婉縟過之。選體時時入古，岑尤陟健。歌行磊落奇俊，高一起一伏，取是而已，尤為正宗，五言近體，高岑俱不能佳，七言岑稍濃厚。（《藝苑卮言》卷四）

高氣骨不如嘉州。（《詩藪》）

岑詞勝意，句格壯麗，而神韻未揚；高意勝詞，情致纏綿，而筋骨不逮。（《詩藪》）

岑之敗句，猶不失盛唐，高之合調，時隱逗中唐。（《唐音癸籤》卷十）

高悲壯而厚，岑奇逸而峭。（《師友詩傳續錄》）

總之，自唐以後，歷代評述，雖以高岑并舉，但并不完全著眼於邊塞詩，而是綜合諸體而言的。這說明，高岑并稱的原初意思在文學研究史中不斷得到了新的闡釋。我們今天將「高岑」作爲盛唐邊塞詩人的代表作家或代名詞，這和古人的認識是有差異的。不過，通過諸家論述，我們對高岑邊塞詩在文學史中的地位，可以獲得一個完整的瞭解。也就是說，我們可以據此重新評價文人入幕對盛唐邊塞詩的影響，對高岑及盛唐邊塞詩研究作一個深刻的反思。

岑參邊塞詩風格形成論

岑參的邊塞詩列於盛唐邊塞詩中，其創新特點是顯而易見的。但從唐人選唐詩看出，他的這種創新并未被當代人所接受，他之後尚未有詩人對他的創作大加稱贊和介紹，更沒有人有意識地向他學習。岑參去世三十年後，杜確受其子之請託，爲岑參詩集作序，對岑詩作了總結性的評價：

> 屬辭尚清，用意尚切，其有所得，多入佳境，迥拔孤秀，出於常情。每一篇絕筆，則人人傳寫，雖閭里士庶，戎夷蠻貊，莫不諷誦吟習焉。時議擬公於吳均、何遜，亦可謂精當矣。

論岑參詩者要經常引用這一節文字，但不容忽視的是這節文字的評論內涵，它是鍼對岑詩中「時議擬公於吳均、何遜」者，而不是指邊塞詩。結合《河嶽英靈集》所選篇目和評語就更明確了：《河嶽英靈集》所選都是岑參早期詩作，其評語也是就早期詩作而言，殷璠云：「參詩語奇體峻，意亦造奇。至如長風吹白茅，野火燒枯桑，可謂逸才。又如山風吹空林，颯颯如有人，宜稱幽致也。」這裡「語奇體峻，意亦造奇」與杜確所云「迥拔孤秀，出於常情」有相一致處。岑參邊塞詩獨特風格爲時人忽視的主要原因是：岑參在大西北創造的那種內容與形式統一的獨特的邊塞詩生成於一個特殊的「物理環境和文化環境」（蘇珊・朗格《藝術問題》中國社會科學出版社一九八三年六月，第一〇八頁）——安西北庭的山川地貌、中亞風情及戰地生活。而這特殊環境對許多人來說是缺少感知的，甚至相當陌生。

正因爲如此，我們更有必要來研究岑參進入邊塞幕府時的創作，瞭解它的特殊性和其產生的原因。當我們將岑參邊塞詩置於中國詩史中考察時，會發現他對傳統邊塞詩領域的開拓所作出的貢獻；置於同時代創作邊塞詩的群體中，會發現他求新求奇、橫掃積習所作的努力；置於他自己的創作歷程上，會發現他揚棄自我、超越經驗所作的艱難跋涉。當我們慢慢品味、細細琢磨，會深深體察到一個偉大詩人在大荒廣漠上踽踽獨行、上下求索。我們不再滿足於簡單的藝術描繪和歸納，不再滿足於對其邊塞詩社會價值、是非觀念的剖析，我們需要的是在歷史遠景、生存環境、個體精神三維空間去探討湧動在詩人心中的活生生的創造智慧，去發現隱含在詩人及其作品背後的文化內涵。我們認爲岑參的藝術創新來自於對自我、歷史和時代的超越，而完成這些超越的契機是入邊地幕府。

一、超越自我

順著《河嶽英靈集》提供的線索，我們可以瞭解到岑參的早期創作，這個成書於天寶十二載的選本，選錄了岑參天寶以前的作品七首：《終南雙峰草堂作》、《終南雲際精舍尋法澄上人不遇歸高冠東潭石淙秦嶺微雨作貽友人》、《戲題關門》、《觀釣翁》、《戎葵花歌》、《偃師東與韓樽同訪景雲暉上人即事》、《春夢》。這幾首詩是能代表岑參早期詩的特點的，對隱逸生活的描寫和頌揚是其主要內容。從表面看，隱居和岑參一生有較大聯係，及第以前他隱居嵩山，第一次出塞歸來，他過了一段時間半官半隱的生活。早年的岑參爲何隱居值得去探討，我們要理清楚隱士的岑參和邊幕岑參的關係。唐代士人崇尚隱逸，司馬承禎以爲隱居乃「仕宦之捷徑耳」，但由此而走上仕途并致顯位者尚是少數。揭示隱逸與仕進的關係，可以因此而研究士人的心理，同時也帶來了一些誤解，誤解之一就是誇大了隱逸對仕進的影響，進而也就誤解了士人隱逸的心態。

其實唐人的隱居，因不同的目的而做著不同的事情。岑參隱居的實際就是讀書。岑參《感舊賦》云：「五歲讀書，九歲屬文，十五隱於嵩陽，二十獻書闕下。嘗自謂曰：『雲霄坐致，青紫俯拾。』金盡裘敝，蹇而無成，豈命之過歟？」

此文寫於岑參未第前，概括記載了此前的經歷，五歲讀書，言其始於讀書識字；九歲屬文，言其始能作文。作爲相門之後，岑參并不甘心家道中衰，要發奮振作，有所作爲。這是其少年時代的志嚮，也是他立身行事的准則。所以其十五隱於嵩陽，不能簡單被看成是好隱，它是年青學子的習業階段，是爲獻書闕下作準備的。唐代士子習業通常是在山林寺院中完成的，中晚唐幾成格局，據嚴耕望《唐人習業山林寺院之風尚》，嵩山是唐代士子習業的重要場所。盧鴻在嵩山，「廣學廬，聚徒至五百人。」（《新唐書·盧鴻傳》）劉長卿即「少居嵩山讀書」。（《唐才子傳》卷二）杜確《岑嘉州詩集序》云岑參：

> 早歲孤貧，能自砥礪，遍覽史籍，尤工綴文。

> 嗟予生之不造，常恐墮其嘉猷。志學集其荼蓼，弱冠干於王侯。荷仁兄之教導，方勵己以增修。

《感舊賦》又云：

岑參在賦中表述的是嚴肅的內容，「志學集其荼蓼」是其早期學習生活的總結，在獻書闕下之前，岑參的讀書生活是很艱苦的，杜確的話并不是虛美之辭。他在嵩山習業的情況在詩中沒有記載，只能看到一些痕跡，《緱山西峰草堂作》：「頃來闕章句，但欲閑心魂。」一種從書本中走出的輕松還是能在詩的字裡行間體會到的。讀書之餘，他曾走訪過一些附近的山人、處士、隱者，今存的岑詩中，二十歲之前的八首詩，基本上是這些內容，表面上寫對山人的仰慕、對隱居自得的感情極濃，實則很淡。它是枯燥讀書生活的調劑，一時興到之作。幾年習業山林的生活對岑參的影響是多方面的，與本題有關的有兩點：

第一，習業山林對隱士生活的感知，使他意識到隱逸乃自慰之一法，而這又成了他入邊首先要超越的障礙。

幾乎可以說，除兩次出塞帶著理想外，岑參在仕途上都自感失意。所以隱逸思想總是牽引著他，儘管他從來沒有徹底地隱居，做真隱士，如同他在《感舊賦》中所說：「攬蕙草以惆悵，步衡門而踟躇。強學以待，知音不無；思達人之惠顧，庶有望於亨衢。」他在《至大梁卻還寄匡城主人》詩中云：「一從棄魚釣，十載干明主。無由謁天階，卻欲歸滄浪。」隱逸并不是他的生活理想，而是他取得心理平衡的機制；從軍也不是他的理想，而是實現其「致雲霄」、「拾青紫」的一次冒險選擇。因此，我們認為他第一次出塞帶有嘗試性。

這第一次出塞是付出代價的。自嵩山學成後，岑參此後則奔走求仕，獻書未獲成功，只好參加科舉考試，天寶三載舉進士，以第二人及第，是年三十歲，被授右衛率府兵曹參軍，他覺得官品極低，離理想尚遠，其《初授官題高冠草堂》詩云：

三十始一命，宦情都欲闌。自憐無舊業，不敢恥微官。
澗水吞樵路，山花醉藥欄。祇緣五斗米，孤負一漁竿。

這首詩非常明白地表示了他當時的複雜心情，最後他又留戀起習業時所過的隱居生活。隱居在理念上幾乎是仕途不順時聊以自慰的唯一選擇。可以看出，岑參第一次出塞從軍求取功名，首先需要和隱逸思想作調和，在比較中選擇了赴邊，對自己習慣的生活作了第一次超越。

第二，山林生活培養其對和諧的自然山水的熱愛，促成他早期詩風特點的形成。而他在創作邊塞詩時要不斷變革這種詩風。

岑參在《自潘陵尖還少室居止秋夕憑眺》詩中云：「久與人群疏，轉愛丘壑中。心淡水木會，興幽魚鳥通。」習業山林養成他對山水自然的親近之情和觀察能力。早期詩歌雖稚嫩，但已表現出對自然瞬間變化的敏銳感受和描寫山水景物的技巧：

竹深喧暮鳥，花缺露春中。（《丘中春臥寄王子》）

樹交花兩色，溪合水重流。（《南溪別業》）

桑葉隱村戶，蘆花映釣船。（《尋鞏縣南李處士別居》）

春雲湊深水，秋雨懸空山。（《尋少室張山人聞與偃師周明府同入都》）

霜畦吐寒菜，沙雁噪河田。（《宿東溪懷王屋李隱者》）

野靄晴拂枕，客帆遙入軒。（《緱山西峰草堂作》）

岑參的早期詩歌，明顯出入於南朝陰何諸家，并沒有向漢魏詩歌學習，所以我們說時人「擬公於吳均、何遜」是指其早期詩歌的特點。何遜詩以寫景體物之工著稱——《南還道中送贈劉諮議別詩》：「岸薺生寒葉，村梅落早花。」《日夕出富陽浦口和朗公詩》：「山煙涵樹色，江水映霞暉。」《與胡興安夜別詩》：「露濕寒塘草，月映清淮流。」《石頭答庾郎丹詩》：「黃鸝隱葉飛，蛺蝶縈空戲。」《敬酬王明府僧孺詩》：「澄江照遠火，夕霞隱連檣。」吳均詩不專主寫景，大多是議論抒情或以景物來敘事議論，其中有些詩以寫景爲主——《同柳吳興何山集送劉餘杭詩》：「輕雲紉遠岫，細雨沐山衣。檐端水禽息，窗上野螢飛。」《山中雜詩三首》之一：「山際見來煙，竹中窺落日。鳥向檐上飛，雲從窗裡出。」何遜、吳均的寫景詩各有其特色，從上面摘引的詩和詩句看，二人比較注重綰係兩種物象的動詞的選擇和鍛煉，也注重意象的精巧組合。岑參早期這些寫景詩同樣具有上述特點，在選擇動詞時爲了追求新鮮的感受甚至有些過份雕琢，如「霜畦吐寒菜」句中動詞「吐」，而象「春雲湊深水」中的「湊」字，表示「靠近、接近」的意思，這類動詞很多，岑參選擇了「湊」，比較新奇，這個字的使用在杜甫詩中竟沒有找到一處（據《杜詩引得》）。後來幾位當代詩人登慈恩塔賦詩，岑參也用了這個「湊」字：「連山若波濤，奔湊似朝東。」

正如許多當代詩人一樣，他們年青時表現出對前代詩的興趣，并在那裡潛心研究，以增進詩歌的技藝。他們喜愛南朝詩工麗風流，并在自己早期詩歌的寫作練習中運用得恰如其分。岑參早年寫下的《夜過盤豆隔河望永樂寄閨中效齊梁體》同樣說明他的審美情趣：「盈盈一水隔，寂寂二更初。波上思羅襪，魚邊憶素書。月如眉已畫，雲似鬢新梳。春物知人意，桃花笑索居。」

另外，如果說他未出塞前，一有不快還常借歸隱來發發牢騷；那麼出塞後，歸隱情緒已蕩然無存了，代之而起的強烈感情是思親戀家。在離京西行途中就已感傷不已，一步一回首，回首兩行淚。《西過渭州見渭水思秦川》：「憑添兩行淚，寄向故園流。」《過酒泉憶杜陵別業》：「愁里難消日，歸期尚何年。」又《逢入京使》：「故園東望路漫漫，雙袖龍鍾淚不干。馬上相逢無紙筆，憑君傳語報平安。」此後，思親之情與日俱增。「塞迥心常怯，鄉遙夢亦迷。」（《宿鐵關西館》）「送子軍中飲，家書醉裡題。」（《磧西頭送李判官入京》）還有直接以「憶長安」、「思長安」、「懷終南別業」爲題的。最有意思的是天寶十載夏返回長安前送人歸京，急切託人捎信告訴家人自己即將回去：「客淚題書落，鄉愁對酒寬。先憑報親友，後月到長安。」（《送韋侍御先歸京》得寬字）這是幕僚分韻同送之作，岑參毫不掩飾，這種思家之情是真切感人的，絕無半點虛假，這正說明對岑參來說有比隱逸之情更重要的東西——親情。

從軍塞上則需要戰勝思家戀親的情緒。既然第一次出塞如此想家，依常理岑參就不可能第二次出塞了。因此說岑參第二次出塞是了不起的舉動，他在情感上超越了自我。從岑參的詩歌中看到，第二次出塞還免不了時有思家之情，這正說明超越自我的艱巨。

第一次出塞表現了詩人的努力，也顯現出詩人超越自我的運動軌跡。從山林寺院、都城市井走向風沙大漠，和諧的水月山風變成冰天雪地，生活環境的改變帶來審美習慣的改變。

第二次入幕，岑參邊塞詩出現了驚人發展，創作了以七言歌行爲主體的盛唐邊塞詩，七言歌行的形式與邊塞奇異的自然風光達到前所未有的統一。《峴傭說詩》云：「岑嘉州七古，勁骨奇異，如霜天一鶚，故施之邊塞最宜。」

他的邊塞詩成就是很突出的，從內容上看，他超越了過去對和諧的自然景觀的偏愛以及對隱逸生活的表現；從審美趣味上看，他表現出對纖細的疏遠和對悲壯的追求；從形式上看，他克服了吳均、何遜體的誘惑，努力用七言古詩表現邊塞的風光、中亞風情。

二、超越歷史

邊塞詩是一傳統題材，而傳統又往往示人以經驗，并在創作上帶來一些消極影響。人們在寫作邊塞詩時，就自然想到前人寫作所用的詩體，它的結構、意象、語言等諸多方面的表述特點，加以模倣，南朝的某些詩人在此表現出相當的才能。儘管模倣者已將自己的才華和創造力融進詩歌的寫作中，也可能將當代最激動人心的活生生的生活內容展示在他的詩篇裏，但這些在後來者或今天來看是相當地微不足道的，甚至會感到幾百年的歷史在詩人筆下因陳陳相因顯得那樣蒼白無力。幾百年的沉積，沒有人意識到如此「完美的」形式還要改造。然而，歷史已在呼喚創造者的出現，歷史爲岑參帶來了良好的機遇。

因此在此有必要對歷史作一回顧，邊塞詩的寫作可以追溯到《詩經》，有邊地戰爭，產生邊塞詩是必然的。也許人們認爲《詩經》中征戍詩還不是完整意義的邊塞詩，但它畢竟是後世邊塞詩的濫觴。這裡我們只是就公元前二〇六年至公元六一八年約八百年的邊塞詩作一簡單的分析：

唐以前邊塞詩統計

	雜言		五言		四言	
漢	戰城南	一	飲馬長城窟行	一		
	武溪深	一				
	霍將軍歌	一				
魏			飲馬長城窟行	一	遠戍勸戒詩	一
			從軍詩	九		
			白馬篇	一		
			平南荊	一		
晉			飲馬長城窟行	一	隴頭歌	二
			從軍詩	一		
			征遼東	一		
宋	擬行路難十八首之十五	一	從軍行	一		

	胡笳曲	一
	代出自薊北門行	一
	代陳思王白馬篇	一
	代邊居行	一
	擬古詩八首之二	一
齊 塞客吟 一	從戎曲	一
	白馬篇	一
梁	從軍行	五
	和王僧辯從軍詩	一
	胡笳曲	二
	白馬篇	二
	度關山	四
	戰城南	三
	入關	一
	出塞	一
	隴頭水	一
	隴頭流水歌三曲	三
	隴頭歌辭三曲	三
	隴西行	四
	邊城將詩	四
	雁門太守行	四

北魏	登城北望詩	一
	胡無人行	一
	斷句詩	一
	涼州樂歌	二
北齊	敕勒歌	一
	從北征詩	二
北周	燕歌行	二
	從軍行	三
	關山篇	一
	關山月	一
	飲馬長城窟	二
	入塞	一
	出塞	一
	渡河北詩	一
	出自薊北門行	一
	和趙王送峽中軍詩	一
	奉和趙王途中五韻詩	一
	侍從徐國公殿下軍行詩	一
	同盧記室從軍詩	一
陳	戰城南	一
	紫騮馬	二

	賦得蘇武詩	一
	從軍行	二
	度關山	一
	關山月	九
	飲馬長城窟	一
	隴頭水	一〇
	隴頭	一
	雨雪曲	五
	出自薊北門行	一
	從軍五更轉	五
	星名從軍詩	一
	驄馬驅	一
	賦得邊馬有歸心詩	一
	被使出關詩	二
隋	紀遼東	四
	從軍行	一
	出塞	七
	白馬篇	二
	飲馬長城窟	一
	入關詩	一
	渡北河詩	一
	燉煌樂	二
	于闐采花	一
	隴頭送征客詩	一

以上統計據《先秦漢魏晉南北朝詩》(逯欽立輯校，中華書局一九八三年九月)。唐代以前邊塞詩一般與戰爭詩聯繫在一起，實則戰爭并非都發生在邊地，我們還是儘量將其分開，以邊塞爲主。對與邊塞相聯繫的思婦詩，如其內容側重於邊地則選入，否則不選。另外，如蔡琰《悲憤詩》、民歌《木蘭詩》都寫到邊地，還有關於「王昭君」的詩皆沒有計入其內。因標準不同和疏忽，統計未必精確和恰當，但這并不影響統計所能說明的事實。

1. 數量分析：計一六〇首。漢詩四首，魏詩十三首，晉詩五首，宋詩七首，齊詩三首，梁詩四十首，北魏詩三首，北齊詩三首，北周詩十七首，陳詩四四首，隋詩二十一首。以梁、陳二朝爲最。

2. 詩題分析：多爲樂府詩，其中使用最多的是《從軍行》、《隴頭水》、《關山月》。《從軍詩》(從軍行、從軍五更轉等)三十首，《隴頭水》(隴頭流水歌、隴頭歌辭等)二十首，《關山月》(關山篇、度關山等)十六首。

3. 詩體分析：以五言居多。其中雜言(以七言為主)詩十三首，四言詩三首，五言詩一四四首。

4. 內容分析：唐以前的邊塞詩大致表現爲這樣幾方面內容：描寫邊塞的惡劣環境和征人思歸的情緒；表現奮勇殺敵立功邊地的雄心大志。一些比較優秀的邊塞詩寫得慷慨蒼涼，工整而不失流宕，駢麗而不失古樸。如：

驅馬陟陰山，山高馬不前。往問陰山候，勁虜在燕然。戎車無停軌，旌旆屢徂遷。仰憑積雪巖，俯涉堅冰川。冬來秋未反，去家邈以綿。獫狁亮未夷，征人豈徒旋。末德爭先鳴，凶器無兩全。師克薄賞行，軍沒微軀捐。將遵甘陳跡，收功單于旃。振旅勞歸士，受爵藁街傳。（〔晉〕陸機《飲馬長城窟行》）

邊庭多警急，羽檄未曾閒。從軍出隴阪，驅馬度關山。關山恆晻靄，高峰白雲外。遙望秦川水，千里長如帶。好勇自秦中，意氣本豪雄。少年便習戰，十四已從戎。昔年經上郡，今歲出雲中。遼水深難渡，榆關斷未通。折衝凌絕域，流蓬警未息。胡風朝夜起，平沙不相識。兵法貴先聲，軍中自有程。逗遛皆贖罪，先登盡一城。都護疲詔吏，將軍擅發兵。平盧疑縱火，飛鴞畏犯營。輕重一為虜，金刀何用盟。誰知出塞外，獨有漢飛名。（〔梁〕王訓《渡關山》）

薊北聊長望，黃昏心獨愁。燕山對古剎，代郡隱城樓。屢戰橋恆斷，長冰塹不流。天雲如地陣，漢月帶胡秋。漬土泥函谷，挼繩縛涼州。平生燕頷相，會自得封侯。（〔陳〕徐陵《出自薊北門行》）

而大多數邊塞詩歌以古事典實爲主，讓後人感覺到有呆滯之病，缺少創意。因生活的限制和運用詩體的單一，內容表述上的弱點是明顯的，概括起來有如下兩點：因反復在一個詩題下詠唱而產生單調和重復；因作者沒有邊塞生活的經歷或只有極其簡單的瞭解，詩中所表現的邊塞多爲想象之詞或得之於邊塞知識的幫助，故其詩對邊塞的描寫似精細而實模糊，似具體而實概括。另外我們也應該看到，因對同一詩題的反復揣摩致使寫作技巧的提高，同一意象的表達手段更爲精巧和豐富。

運用樂府形式寫作邊塞詩是一個傳統，所以當我們看到個別詩人的可數的即景作品是很興奮的。如〔梁〕庾肩吾《登城北望詩》：「誓師屠六郡，登城望九嵕。山沈黃霧裡，地盡黑雲中。霜戈曜隴日，哀笳斷塞風。」我們不能說這首詩如何突破傳統，但從詩題上看，此詩是即景生情之作，他不再是用樂府舊題了。

真正意義上的突破是在岑參手中，岑參對歷史的超越至少有如下幾方面：第一，不再使用樂府舊題，岑參兩次出塞所作約七十首詩幾乎不用樂府舊題；第二，岑參邊塞詩都是身履邊地的作品，是實情實景，大量作品表明他在傳統邊塞詩中開拓了新的內容；第三，大量的七言歌行體邊塞詩突破了前人以五言爲主寫作邊塞詩的形式。

三、超越時代

每個作家的創作都受到他所處的時代的直接影響，在創作上由於大家的共同努力，都會將文學創作推向一個「頂點」而被載入歷史。然而這常常受到人們的挑戰，而且向同時代的人挑戰是最有意義也最有價值的，更具有刺激，失敗倒反而是意料中的事，成功就意味著由他將歷史向前推進了一步，那是何等輝煌。當我們在清理一段歷史時，往往更多的是關注結果，依據結果來進行價值判斷，通常爲我們忽視的是一個過程，一個貫注生氣的運動過程和作爲一個可以確定自己歷史定位并爲之努力的人生歷程。

岑參的邊塞詩創作取得了輝煌的成就，他不僅否定了自我，而且在漫長的邊塞詩創作的歷史中作了嚴肅的選擇，特別是在同時代作家創作邊塞詩的成就面前表現出非凡的理智和獨特的創造力。

岑參不安心作一地方詩人，從現存的詩歌看，年青的岑參就已經在結識當代的詩人，他認識了閻防（《宿華陰東郭客舍憶閻防》、《攜琴酒尋閻防崇濟寺所居僧院》，閻防的詩在《河嶽英靈集》中有五首）、王昌齡（《送王大昌齡赴江寧》、《送許子擢第歸江寧拜親因寄王大昌齡》），這對岑參詩壇競逐會產生影響。只有將自己置身於詩界的人纔有可能把別人作爲參照來確立自己的目標。唐代不愧是昌明盛世，人人都能獲得創造的機會，都想在其領域尋找到自己的位置。這有點象華薩利所評論佛羅倫薩繪畫藝術時說的那樣：「風氣使各行各業的人都渴望榮譽；不要說同本領低的人平等，便是和自己承認爲行家的人并肩，心中也不服，因爲歸根結蒂，彼此都是一樣的人。」（丹納《藝術哲學》一四〇頁引，人民文學出版社，一九八八年十一月。）天寶十一載秋，杜甫、高適、岑參、薛據、儲光羲五人同登長安慈恩寺塔，同題賦詩，這是詩家交流的一次盛會，也可以看成是一次詩壇的比賽，「一時大敵旗鼓相當」。高適四十九歲，杜甫四十一，薛據五十二，儲光羲四十七，岑參三十八，岑參最小。每個文學史家都會注意到這令人激動的時刻，但他們同樣都沒有注意當代兩位邊塞詩大家的會面使之具有不同尋常的意義。高岑二人其時已創作了一些邊塞詩，高適的邊塞詩力作《燕歌行》已流傳，岑參第一次出塞也帶回許多邊塞詩作，年青的岑參必然要向高適請教，兩人就邊塞詩不可能不進行討論，內容如何，結果如何，不得而知。有一點可以相信，無論高適的表揚或批評都會對岑參產生震動，他想超出前輩要作出艱辛的努力，這正如歐文在其《盛唐詩》中所說的那樣：「如同高適需要解脫與岑參并稱而較缺乏才賦的名聲，岑參也需要挽回作爲理所當然的邊塞詩大師的稱譽。」（《盛唐詩》，〔美〕斯蒂芬．歐文著，賈晉華譯，黑龍江人民出版社，一九九二年十一月）可推測高適、岑參將其創作的邊塞詩作過交流，或者他們避開自己而去評論當代邊塞詩創作的現狀，各自從中都應該得到啓發。在此（天寶十一載）之前，邊塞詩的創作還是沿著傳統在發展的，這也就是說用樂府古題來寫邊塞生活。例如在詩壇頗負盛名的王昌齡，其邊塞詩成就在當時是很有影響的，他的主要邊塞作品有：《塞下曲》四首、《塞上曲》、《從軍行》十首、《出塞》二首、《胡笳曲》一首，由此可以看出，王昌齡的邊塞詩在形式上仍然是守舊的，分別采用了他習慣的五古和七絕形式，「王昌齡的所有邊塞詩都是樂府或體現樂府風貌，這是唐代詩人用來公開描寫虛構角色的幾種形式之一。」我們以爲高岑的討論很難達成共識，年青的岑參可能表面上會作出讓步，但他不會輕易放棄自己詩歌見解，因爲他年青，最有條件用人所長并充分發展自己的個性。

對詩歌成就的理解和總體估價都不可避免地會以自己已取得的創作業績作爲前提的。在這次討論中，岑參已有的創作實績是第一次出塞所作詩約三十首，高適邊塞詩約十首。兩人的邊塞詩創作在當時產生的影響雖不一樣，但各有特色。岑參寫有《憶長安曲》二章，五言四句，寄託思家之情，其它則沒有一首用樂府古題寫成的邊塞詩。這已初步表現出他的追求，無論這種追求的自覺與否。岑參第一次出塞創作是努力的，但成就不大，這并非說他沒有描寫異域風情（他寫過火山、大漠），主要在於其詩歌格局不夠高遠，氣勢不夠恢宏，沒有完全擺脫早期創作那種對五言的偏愛，沒有創新意識的自覺，甚至連過去使用的七言古詩形式（如他寫過《函谷關歌》、《胡笳歌》）在第一次出塞的創作中也沒有特別顯出優勢。而高適則不同，他與岑的區別在形式上不是五言七言的區別，而是在使用樂府古題上的區別，因高適對傳統藝術的理解始終是用對人生態度來看待的，過於理智與嚴肅，習慣於傳統給人的暗示，帶有明顯的復古傾向，以後高適在仕途上能走得順利，和他這種過分理性的性格有關係。天寶十一載之前，他的邊塞詩以樂府佔多數：《塞上》、《營州歌》（《詩藪》內篇卷六：「王翰《涼州詞》、王維《少年行》、高適《營州歌》、王之渙《涼州詞》……皆樂府也。」）、《薊門五首》（《樂府詩集》收入雜曲歌辭中，題為《薊門行五首》）、《燕歌行》。而且由於高適《燕歌行》的流傳和影響，其樂府七言詩的形式可能被人們視爲高適邊塞詩的代表形式。在邊塞詩創作上，高岑可以說代表了兩代詩人的特點。

天寶十一載的會見，對於高岑二位太重要了。因爲之於岑參這是他對第一次出塞創作的總結，事隔一年他又去了北庭，而高適其後不久就去了河西。他們二人其後的邊塞詩創作還是依照各自的認識邏輯和審美個性，只是岑參已經自覺吸取了高適樂府、七言歌行體縱橫捭闔、舒卷自如的長處，并又加以發展，如《白雪歌》、《輪臺歌》、《走馬川行》、《天山雪歌》、《熱海行》等七言古詩，在形式上接近樂府，又完全不用樂府古題。天寶十一載高岑會面，激發了岑參要與高適在邊塞詩創作上競賽的衝動，這一點似已爲美國唐詩專家歐文教授感覺到了，他在其唐詩研究力作《盛唐詩》中作了非常精彩的描述，他說：「雖然岑參的邊塞詩無愧於其聲譽，他事實上處於傳統的末尾，是最後一位廣泛描寫邊塞生活的盛唐重要詩人。在他之前，有王翰的《涼州詞》，高適的《燕歌行》，李白的《戰城南》，以及王昌齡的許多邊塞詩。高適、李白和其他詩人已經將邊塞詩的慣例改用於七言歌行。雖然岑參是一位才華洋溢的詩人，但在他那些最著名的詩篇中，他卻不是一位獨創者：爲了超過高適、李白和王昌齡，他不得不在他們那一『類』詩中出奇制勝。結果是岑參寫出了同『類』詩中的一些最優秀作品。」然而歐文教授并沒有意識到天寶十一載在邊塞詩史上的意義。

天寶十一載，一個要超越同時代所有邊塞詩成就的使命感比任何時候都更迫切地放在岑參肩上，包括超越他自己，別無選擇。

無論我們的推斷是否成立，高岑在邊塞詩創作上的差異是有目共睹的客觀存在，「高適詩尚質主理，岑參詩尚巧主景。」（《唐音癸籤》卷五引《吟譜》）這是讀高岑詩的感覺，缺少理論分析，如是評論邊塞詩，說岑詩「巧」是不妥當的，不若一個「奇」字準確。其風格不同的重要原因就是，高適重傳統，風格質樸，和傳統邊塞詩以道德評判爲主是一致的；而岑參重創新，突破傳統樂府詩的範式，以描寫奇異風光和自我感受爲主，拓寬邊塞詩的內容，這正是岑參力圖超越當代詩人的地方。岑參第二次出塞「公文式」地寫過《唐凱歌六首》，《樂府詩集》卷二十《鼓吹曲辭五》錄此，《樂府詩集》云：「岑參《送封大夫出師西征序》曰『天寶中，匈奴、回紇寇邊，踰花門，略金山，煙塵相連，侵軼海濱。天子於是授鉞常清，出師征之。及破播仙，奏捷獻凱，參乃作凱歌』云。」但這并不影響我們對岑參超越時代的評價。

四、小結

正如上面所分析的那樣，岑參的詩歌取得了很大的成功是付出代價的，需要勇氣和膽識。他越過了早期梁陳體的寫作經驗，塑造了自己的邊塞詩剛勁奇偉的風格；他克服了傳統邊塞詩模擬的陳規，不用樂府古題立題，根據內容自立新題，并致力於用七言的形式創作邊塞詩；他敢於向同時代邊塞詩的優秀詩人挑戰，不再把邊塞詩僅僅看作反映邊地苦寒和對邊地戰爭的態度，而在邊塞詩中展現了西北邊地的奇異風光、中亞的風俗人情，大大拓寬了邊塞詩的表現領域。之所以如此，原因是多方面的，在前面我們已分別作了一些分析，下面我們再從三個方面作一些綜合考察：

首先，岑參入幕爲他的邊塞詩創新提供了契機。

生活是創作的活的源泉，離開入幕也就沒有岑參的邊塞詩，更無從解釋他的邊塞詩。盛唐文人進入邊地幕府并不是普遍的時代風尚，而是個別的現象，一個文人拋家別子，克服生活上的重重困難，深入絕域需要相當的勇氣（見「盛唐社會背景中的邊塞詩」）。尤其象岑參，他是盛唐入邊詩人中走得最遠的了——大唐帝國的最西北邊的安西、北庭。

從岑參的詩歌中我們不難看出，他在現實生活（特別是家庭生活）上情感極爲細膩豐富，在行動和創作上他基本上是個理想主義者。因此，戀家與功名的矛盾在岑參邊塞詩中一直存在，只是不同階段有輕重之分。戀家的感情在盛唐詩人中岑參表現得最爲突出有其原因，「早歲孤貧」遭遇使他更珍視家庭的溫暖，但相門之後的昨日輝煌和家道中衰的憂患使他更急切去追求功名。否則我們如何能解釋充滿在岑參作品中的矛盾，我們也無法解釋在思家情緒煎熬下度過第一次入幕時間的岑參竟然能第二次入幕。第一次入邊幕戀家思親之情離家愈遠愈深，貫穿始終。和第一次不同，在赴北庭途中，矛盾雖然存在，但已逐漸淡化，對邊功的嚮往佔據其主要地位，而把歸思壓在意識深層，在臨洮他和大家唱和，分韻賦詩，一次得飛字，一次得城字，其《發臨洮將赴北庭留別》詩云：「勤王敢道遠，私向夢中歸。」矛盾處理得相當理智；《臨洮泛舟趙仙舟自北庭罷使還京》云：「醉眠鄉夢罷，東望羨歸程。」赴邊途中送人還京，很自然觸動自己的歸思，但他還是能控制住的，只是在醉眠之中纔做起了鄉夢，一覺醒來，急切東望故鄉，對趙某能歸去羨慕不已，這也極符合人之常情。但有時在同一時間內所寫詩中表現了相當對立的情緒：當在涼州館中與諸人狂飲時，他激動得不知如何是好，高吟出「花門樓前見秋草，豈能貧賤相看老」的豪言壯語（《涼州館中與諸判官夜集》）；當他自朝至夕行走在大漠之上，惟見日昇日落，不見人煙時，他又認爲選擇的錯誤，感到十分的沮喪，哀吟「悔向萬里來，功名是何物」。情緒還有點波動。但由於第二次入幕已有第一次入幕的經歷，到達目的地後，他很快就適應了，他終於戰勝了自己。

總之，岑參入幕的矛盾反映了當時入幕文人的心態，而入幕給岑參的創作帶來了意想不到的收獲。他領略了大西北的奇麗山川和人情物態，并熱情地在詩中加以表現和歌頌：㈠新奇的景物。火山火雲及其腳下「地苦熱無雨雪」，胡天大雪，熱海肥鯉。㈡新鮮的人物與活動。涼州館中的夜宴，將軍宴席的歌舞與遊戲，田使君美人舞北旋，將軍出征和接受降敵的盛大場面。㈢鮮明的地方風情。琵琶胡音，「座參殊俗語，樂雜異方聲。」「葉六瓣，花九房，夜掩朝開多異香」的優缽羅花。在這樣豐富多彩的地方生活著，每天都會有新的感受，沒有邊塞生活也就沒有岑參的邊塞詩。《彥周詩話》云：「岑參詩亦自成一家，蓋嘗從封常清軍，其記西域異事甚多。如《優缽羅花歌》、《熱海行》，古今傳記所不載者也。」說的就是入邊幕對岑參邊塞詩創作的影響。

其次，「新」「神」之境是其邊塞詩創作的追求。

「岑參兄弟皆好奇」，這是杜甫給岑參兄弟的性格評價，好奇就是喜歡追逐新鮮事物，對新事物持有特別充沛的注意力。凡屬此種個性者，皆顯示出創造能力，由於這類人對事物過於敏感，也就特別選擇環境。詩人的心理是複雜的，難以用今天科學研究的結果來嚴格界定，岑參究竟是什麼樣性格的人，我們有時簡直感到無法捉摸而不能進行準確的勾勒。概言之，有激情而缺少均衡和持久的耐力，喜歡新奇并易於受當前情緒的感染。

事實上，他的這種時常陷於矛盾的性格，易於衝動而不易平衡的心理，正是創造性思維者所具有的特點，此即通常人們所說的詩人氣質。在這一點上他多少接近於李白，而與杜甫、高適不一樣，這也是岑參詩歌不同於高適喜歡發表見解長於議論，而是直接面對自然描寫景物的原因所在。正因爲他的好奇，他能不斷地拋棄經驗；因爲他敏感，他能發現自然界萬事萬物的微妙變化，并將瞬間事物的運動細膩描繪出來。「馬毛帶雪汗氣蒸，五花連錢旋作冰。」（《走馬川行》）「岸邊青草常不歇，空中白雪遙旋滅。」（《熱海行》）表現出邊塞奇異的景觀。

有成就的詩人都有自己的理想和追求，杜確序云其「屬辭尚清，用意尚切」，《河嶽英靈集》云其「語奇體峻，意亦造奇」。這些評論大致能說明岑參的創作。而常常爲人們所忽視的是岑參自己也從側面表達過類似的意見，他有《田使君美人如蓮花舞北旋歌》：「翻身入破如有神，前見後見回回新。始知諸曲不能比，《採蓮》《落梅》徒聒耳。世人學舞祇是舞，姿態豈能得如此。」儘管此非正面發表對詩歌創作的理論，而這首對「舞北旋」的評價，可視爲其對藝術的見解和自己對詩歌創作的理想追求。這裡包涵如下的觀點：第一，藝術追求新變，不能單一，就如舞蹈，每一個動作都要展示新的內涵，「新」是運動所應達到的最佳效果，而且要讓接受者從不同的角度得到領略。第二，藝術追求神似而不是形似，「神」是藝術最高境界，舞蹈這門藝術主要是動作的模倣，而動作的逼真嫻熟「祇是舞」，不能看成是好的藝術，進一步的要求則是「姿態」「有神」，神是藝術的極至，「傳神者，氣韻生動是也」（楊維楨《圖繪寶鑒序》，《東維子文集》卷十一）。第三，在傳統的音樂和新的胡樂比較中，表明詩人對傳統音樂的微辭，這和他在邊塞詩創作中少用或不用傳統的樂府古題寫作的實際相一致。我們認爲岑參觀舞北旋是一次偶然的機會，但作爲一種藝術觀點的表述則不能視爲一時興到的隨意看法，而是其一貫的主張，更重要的是，這和他的創作實踐是一致的。

藝術理想與實踐的統一需要時間——一個努力的過程。岑參邊塞詩的創作成就主要在第二次入幕，這正爲我們提供了可資比較的極好材料。如果將其第一次入幕的創作與第二次作一比較，還是能說明一點問題的。例如梨花這一意象，第一次入幕的詩中就曾使用過：「胡地三月半，梨花今始開。」（《登涼州尹臺寺》）「邊城細草出，客館梨花飛。」（《河西春暮憶秦中》）另暗用一次，「塞花飄客淚，邊柳挂鄉愁。」（《武威春暮聞宇文判官西使還已到晉昌》）這裡用「梨花」意象的直接作用就是表明季令和由此生發的鄉愁，重在對形體的描寫；第二次入幕的詩中也使用過「梨花」意象，即著名的狀雪佳句「忽如一夜春風來，千樹萬樹梨花開」，這裡不是實寫梨花，而是虛寫，以之喻雪，寫出了胡地大雪的精神，表現了詩人追求的「新」「神」的美學境界。以柳絮、白鹽狀雪者古已有之，而以梨花狀雪還沒有過——此可謂之新；以梨花狀雪，未必精確，但它確能表現出大西北雪景的精神氣韻——此可謂之神。對岑參邊塞詩創作的創意，後人多所褒揚，《唐才子傳》云：「詩調尤高，唐興罕見此作。」這正是他在創作中追求「新」、「神」之境的結果。

復次，幕府是岑參創作邊塞詩的良好環境。

岑參兩入邊幕，第二次創作最豐，這就說明了這樣一個問題：岑參能寫出那麼多的優秀邊塞詩，不僅需要邊地風物給他創作提供源源不斷的新鮮素材，還需要一個有利於他創作的環境。岑參第一次入幕，府主爲高仙芝，高對岑參如何，載籍不詳。岑參詩中只有一首與高仙芝有直接關係，即《武威送劉單判官赴安西行營便呈高開府》，詩是因送劉單而作，并轉呈高仙芝，一般幕僚是跟隨主帥并爲主帥直接服務，而從岑詩中卻找不到這種關係，那岑參第一次入幕是任何職呢？上引詩中有「望君仰青冥，短翮難再翔」之嘆，其感嘆原因有兩種可能：一是岑之幕職客觀上與主帥有一段距離；一是岑參與主帥之間感情上有距離。我們傾向前者，這包括高任職期間屢有征戰，和文職少有接觸。而岑參第二次入幕情形就不同了，府主就是第一次入幕的同僚封常清，在封常清幕下工作，岑參心情比較愉快，賓主關係融洽，交流的機會也多，岑參有送主帥出征詩二首：《輪臺歌奉送封大夫出師西征》、《走馬川行奉送出師西征》；有獻詩八首：《北庭西郊候封大夫受降回軍獻上》、《使交河郡郡在火山腳其地苦熱無雨雪獻封大夫》、《獻封大夫破播仙凱歌六章》；有陪主帥詩三首：《陪封大夫宴瀚海亭納涼》、《奉陪封大夫宴》、《奉陪封大夫九日登高》。

和諧的人際關係有利於岑參的創作，而且也有充分的時間保證。在北庭的三年，比較安定，「西邊虜盡平，何處更專征？幕下人無事，軍中政已成。」（《奉陪封大夫宴》）「公府日無事，吾徒只是閒。」（《敬酬李判官使院即事見呈》）「自公多暇，乃於府庭內栽樹種藥，爲山鑿池，婆娑乎其間，足以寄傲。」（《優鉢羅花歌并序》）所以，在這樣的氛圍裡，他的創作熱情十分高漲。

岑參在北庭創作的這些七言歌行體傑作，是否爲大眾接受尙沒有引起學界的關注。然而，作品爲人所接受對創作者來說是重要的，或者說是不可少的。一般說，作家的創作是社會行爲，寫出來是要讓人看的，岑參的詩從題目上就可以知道：呈人、送人。這樣詩人創作出作品給讀者，讀者也會通過某種形式把意見反饋到作者那裡，這是詩人不斷推出新作品的動力所在：

詩人——詩——讀者——詩人——新詩（不斷循環的過程）

杜確的序沒有強調這類作品并予以評價，唐代人選唐詩對這類作品也未予以重視。但是有跡象表明在當時他能寫作那麼多七言歌行邊塞詩，除了他的創造精神和藝術追求，還有一個欣賞這類詩的小環境——府主和他的僚友，當然這并不排斥他們對其他詩體的接受。他在送主帥出征時使用的是七言歌行：《輪臺歌奉送封大夫出師西征》、《走馬川行奉送出師西征》；在送朋友歸京或與朋友道別使用的也多爲七言歌行：《白雪歌送武判官歸京》、《天山雪歌送蕭治歸京》、《熱海行送崔侍御還京》、《與獨孤漸道別長句兼呈嚴八侍御》、《火山雲歌送別》。這裡幾乎囊括了第二次入幕時期岑參所有的代表作品。由此我們不妨這樣認識，前者說明岑參自己對主帥的敬重，也說明主帥很喜歡這種詩體；後者說明岑參看重與友人的道別，特別重視送人還京，因爲詩歌是靠傳播爲人接受的，送人入京就是把詩傳入京師的極好機會：這說明朋友同僚認爲岑參用這類詩體寫作的詩是最好的詩，甚至他們會認爲京城詩人會和他們取得共識。所以朋友同僚和岑參道別時，很樂意接受他的七言歌行，并爲之傳播。我們的理解和通行的批評原則也是相一致的。丹納在《藝術哲學》中就這樣說過：「要產生偉大的作品必須具備兩個條件：第一，自發的，獨特的情感必須非常強烈，能毫無顧忌的表現出來，不用怕批判，也不需要受指導。第二，周圍要有人同情，有近似的思想在外界時時刻刻地幫助，使你心中的一些渺茫的觀念得到養料，受到鼓勵，能孵化，成熟，繁殖。」岑參在北庭幕府寫出那些傑出的作品，正具備了這兩方面的條件。因爲北庭離京城太遠，幕府基本上是一封閉的小環境，外界（主要是京師）的反饋很難及時地傳播到這裡，自信的詩人相信外界的評價一定和北庭幕府一樣，這對於詩人不斷發表新的作品并維持原有的面貌實在太有利了。

一個有成就的詩人，對藝術的追求是無止境的，不僅要努力突破前代和當代詩人已達到的境界，而且要突破自己已經達到的境界。他們要不斷深入生活，發現生活的新鮮內容。但這還要把握時機，對岑參來說，進入邊地幕府是其創作進入變革、飛躍的必要條件，特別是第二次入幕，而第一次入幕爲其後來的入幕作了精神和物質上的準備。

南貶作家的創作傾向和柳宗元作品的「騷怨」

本文試圖闡述柳宗元貶謫時期創作的騷怨精神，并從南貶作家的總體創作傾向及其特點中去探討柳宗元創作風格形成的原因和特徵。柳宗元貶往永州、柳州，爲文追慕楚騷這一點，後來爲人們所認識。《舊唐書》卷一六〇《柳宗元傳》云：「宗元爲邵州刺史，在道，再貶永州司馬。既罹竄逐，涉履蠻瘴、崎嶇堙厄，蘊騷人之鬱悼，寫情敘事，動必以文。爲騷文十數篇，覽之者爲之悽惻。」《新唐書》卷一六八本傳云：「俄而叔文敗，貶邵州刺史，不半道，貶永州司馬。既竄斥，地又荒癘。因自放山澤間，其堙厄感鬱，一寓諸文，倣《離騷》數十篇，讀者咸悲惻。」柳宗元在柳州的創作正復如此。合觀兩《唐書》有兩層意思，柳宗元何以在永、柳州作文如此令人悲惻，當得於人生遭際——竄逐，山川自然——蠻瘴荒癘，效法楚騷——感鬱悲悼。這裡所揭示的正是文化地理、歷史積澱對創造主體的文化結構和心理特徵建構的深刻影響。唐代官吏貶謫一般都貶往南方，儘管安史之亂後，南方經濟之於北方有了長足發展，因此而刺激了南方文化的發展，但以仕爲人生價值體現的古代知識分子仍然向往著政治中心所在的地方。有時因爲生活所計請求外放江南（多指富庶地區），但一位官吏終老於南方仍然算是一生中最大的悲劇。何況南貶都是到所謂惡地，那裡的經濟、文化仍然是非常落後的。如果我們對南貶作家作縱橫的考察，這將會加深對柳宗元永州、柳州作品的理解。應該說明，唐人學習楚騷，包含怨、刺兩個方面，本文側重於前者，後者俟另文詳述。

（二）

柳宗元南貶，受南方風物、楚騷文化影響極深。柳宗元貶往永州時，他首先想到屈原，寫下吊屈吊己、聲情并茂的《吊屈原文》，這一現象很值得思考。「楚辭」特點，黃伯思概括爲「書楚語、作楚聲、紀楚地、名楚物」。描寫楚地風物這一點在所有的南貶作家中表現得都還是充分的，展示了南方文化鮮明的色澤。楚辭「哀怨」也成了南貶作家作品的基本色調，而屈原及賈誼（唐人屈賈并列，二人在遭際上有相同處。如杜甫《水上遣懷》「中間屈賈輩」）也就成了南貶作家的同病相憐、寄意感慨的對象。我們先看宋之問的詩：

楚臣悲落葉，堯女泣蒼梧。（《洞庭湖》）
別路追孫楚，維舟吊屈平。（《送杜審言》）
流芳雖可悅，會自泣長沙。（《經梧州》）

但令歸有日，不敢恨長沙。（《度大庾嶺》）

跡類虞翻枉，人非賈誼才。（《登粵王臺》）

已似長沙傅，從今又幾年。（《新年作》）

任何一種文學現象的出現都不是偶然的，屈原放逐江南，寫出《離騷》，抒發自己受小人讒毀，而被君王疏遠的不幸。他形容憔悴、顏色枯槁、行吟澤畔，楚地的山川、神話傳說、澤畔蘭蕙，一一被詩人寫進了自己的詩篇，形成了作品哀怨、悽惋、纏綿的風格。南貶作家大致都認爲自己是非罪獲遣，這遭遇自然使他們去追懷屈原，一旦他們進入楚地，屈原所目及的自然、風物，同樣也重現在他們面前。另外，南貶詩人群中，如宋之問、沈佺期、張說、張九齡等，他們都是才華橫溢的詩人，又是貶謫詩人，這也很自然地自比賈誼了。應該看到屈賈作品所表現的正是貫穿於其後南貶詩人作品的基本情緒。南貶詩人作品中回旋的是哀傷、憂憤的人生感慨，是中國士大夫遭逢不偶的悲憤情緒。

張說在武后時被二張構陷貶於嶺南，後移岳州，其作品多危苦悲切之詞，王冷然《論薦書》云：「相公昔在南中，自爲岳陽集，有送別詩云：誰念三千里，江澤一老翁。則知虞卿非窮愁不能著書以自寬，賈誼非流竄不能作賦以自安。」（見《全唐文》卷二九四）

張九齡垂暮之年，貶爲荆州長史。九齡是開元名相，李林甫入朝，受其讒毀，《本事詩・怨憤》云：「張曲江與李林甫同列，玄宗以文學深識器之，李林甫嫉之若讎，曲江度其巧譎，慮終不免，爲《詠燕》詩以致意。」這和屈原的遭遇一樣，《史記·屈原列傳》云，屈原博聞強志，明於治亂，入則與楚王圖議國事，以出號令，出則接遇賓客，應對諸侯。「懷王使屈原造爲憲令，屈平屬草稿未定，上官大夫見而欲奪之，屈平不與，因讒之曰：『王使屈平爲令，眾莫不知，每一令出，平伐其功，曰，以爲非我莫能爲也。』王怒而疏屈平。」張九齡在荊州所爲詩，興諷寄意，寫物言志。後來劉禹錫在《讀張曲江集作并引》中道出張九齡南貶之作的實質：「世稱張曲江爲相，建言放臣不宜與善地，多徙五溪不毛之鄉。及今讀其文，自內職牧始安，有瘴癘之歎。自退相守荊門，有拘囚之思。託諷禽鳥，寄詞草樹，鬱然與騷人同風。」

韓愈貞元末貶爲連州陽山令，途經湘江，寫下《湘中》一詩，詩云：「猿愁魚踊水翻波，自古流傳是汨羅。蘋藻滿盤無處奠，空聞漁父叩舷歌。」這表明詩人對屈原的悼念和自己被貶南荒的惆悵。

可見，元和之際南貶的一些作家，如柳宗元、劉禹錫，他們作品中所體現的騷怨，和歷來南貶的作家是共同的，區別只在於對屈騷爲代表的南方文化的接受角度和接受層次有所不同。這方面以柳宗元最富有代表性。

唐代經安史之亂，隨著經濟中心的南移，文化中心也緩慢地向南方移動，南方文人大增，受南地風俗和歷史文化的熏陶，詩風也發生了轉移，屈原賦作的表現手法纔又充溢著新的生機，不僅南貶作家學習楚辭，凡南方文人都有這樣的傾向，權德輿在《送張評事赴襄陽覲省序》中說：「群賢以地經舊楚，有《離騷》遺風，凡今燕軷歌詩，惟楚辭是學。」很值得注意的是，這裡指出了兩點：因爲是楚地，還有《離騷》的遺風，雖已經歷一千多年，但歷史文化氛圍仍然存在著，這種「遺風」的內涵指什麼，劉禹錫《竹枝詞》序云：「四方之歌異音而同樂，歲正月余來建平，里中兒聯歌竹枝，吹短笛擊鼓以赴節，歌者揚袂睢舞，以曲多爲賢，聆其音，中黃鐘之羽，卒章激訐如吳聲，雖傖儜不可分而含思宛轉，有淇澳之豔音。昔屈原居沅湘間，其民迎神，詞多鄙陋，乃爲作《九歌》，到於今荊楚歌舞之。」他在《插秧歌》中亦云：「齊唱郢中歌，嚶儜如竹枝，但聞怨響音，不辯俚語詞。」李遠《送賀著作憑出宰永新序》云：「其俗信巫鬼，悲歌激烈，嗚嗚鳴鼓角雞卜以祈年，有屈宋之遺風焉。」根據這些記載，所謂「遺風」似指俗好巫鬼祭祀，人好歌，歌的特點是「哀」、「悲」、「怨」，特別是劉禹錫提到荊楚猶歌舞屈原的《九歌》，這很自然地把人帶到古楚的文化氛圍裡去了，此其一；楚地風俗、騷楚遺風引起文人極大興趣，他們「惟楚辭是學」，此其二。權德輿的話不能不引起我們的充分注意，一般的情形，在楚地的文人都很積極地去學習《楚辭》，像柳宗元當然也不例外，何況柳宗元的憂鬱和騷的哀怨有共通之處，主要是從精神上接受了屈騷文化。

柳宗元對屈原充滿崇敬和哀憐之情，到永州不久他就寫下唐代第一篇《吊屈原文》。文中贊頌屈原「惟道是就」的殉道精神，「何先生之凜凜兮，厲針石而從之。但仲尼之去魯兮，曰吾行之遲遲。柳下惠之直道兮，又焉往而可施？今夫世之議夫子兮，曰胡隱忍而懷斯？惟達人之卓軌兮，固僻陋之所疑。委故都以從利兮，吾知先生之不忍；立而視其覆墜兮，又非先生之所志。窮與達固不渝兮，夫唯服道以守義。」柳宗元認爲屈原自沉是服道守義，并且回答了世人對屈原的責難，世人認爲屈原沉淵而死似乎太衝動了，而不能取折衷的態度。柳宗元吊屈原實自傷，因此也遭到後世的異議，以爲柳宗元是一罪人不配比屈原而作斯文，此乃迂腐之見。柳宗元參加永貞革新，意在除去弊政，卻觸犯了宦官、大官僚的利益，被貶往永州，這和屈原遭讒流放實在太相似，何況此時此景觸發了柳宗元內心的痛苦和對屈原千古一遇之感，借吊屈表明己志，有何昵比匪人。「既偷風之不可去兮，懷先生之可忘！」

屈騷的哀怨對柳宗元心理產生了影響，楚地文化氛圍、騷的內在情緒并無助於作者憂鬱心理的解脫，「哀余衷之坎坎兮，獨蘊憤而增傷」。他在《閔生賦》裡寫自己一時心情：「氣沉鬱以杳渺兮，涕浪浪而嘗流。膏液竭而枯居兮，魄離散而遠遊。言不信而莫余白兮，雖遑遑欲焉求。」楚地的風俗、人物時刻顫動著他的心靈：「肆余目於湘流兮，望九嶷之垠垠。波淫溢以不返兮，蒼梧鬱其蠻雲。」「重華幽而野死兮，世莫得其僞真。屈子之悁微兮，抗危辭以赴淵。」

從這些話中隱約感覺到柳宗元在審視存與亡的關係，守道而死則恐不得真僞，《懲咎賦》痛苦自己「進與退吾無歸」，由於長期陷於一種困擾，自我意識的混亂，產生自卑和失望，表現爲情緒茫然和無主狀態，感到痛苦、恐懼、孤獨和被人遺忘，以至「惶惶乎夜寤而晝駭」。在這天地之間，他仿佛是位孤獨的飄泊者，「凌洞庭之洋洋兮，泝湘流之沄沄。飄風擊以揚波兮，舟摧抑而迴邅。日霾曀以昧幽兮，黝雲涌而上屯。暮屑以淫雨兮，聽嗷嗷之哀猿。眾鳥萃而啾號兮，沸洲渚以連山。漂遙逐其詎止兮，蕩洄汨乎淪漣。」一切都幻滅了，那舟如何載得起那哀猿嗷嗷、眾鳥啾號啊。滿心的憂鬱、失望，在夢幻中尋找失落，《夢歸賦》云：「罹擯斥以窘來兮，予惟夢之歸路」。可一旦夢醒，又痛苦地感到「予無蹈夫歸路」。柳宗元學騷，可謂得其神髓。不是徒作模倣，精神上與屈騷相輝映。林紓《春覺齋論文》云：「乃知《騷經》之文，非文也，有是心血，始有是言。……後人引吭佯悲，極其摹倣，亦咸不能似，似者唯一柳州。柳州《解祟》、《懲咎》、《閔生》、《夢歸》、《囚山》諸賦，則直步《九章》。……惟屈原之忠憤，故發聲滿乎天地；惟柳州之自歎失身，故追懷哀咎，不可自已，而各成爲至文。」林氏認爲屈騷柳賦是心血所爲，故柳學騷最似，但說柳自歎失身也不盡合柳之本意。林氏在《柳文研究法》中又言柳賦「幽思苦語」逼近楚騷，其云「柳州之學騷，當與宋玉抗席。幽思苦語，悠悠若旁瘴花密箐而飛。每讀之，幾不知身在何境也。」又云：「柳州諸賦，摹楚聲，親騷體，爲唐文巨擘。」

劉禹錫很注意楚地的風物，《武陵書懷五十韻并引》云其爲朗州司馬：「至則以方志所載而質諸其人民。顧山川風物皆騷人所賦，乃具所聞見而成是詩，因自述其出處之所以然。」楚地土民歌舞、五月的競渡、南音的聲腔，無不使他激動，他更多地是以詩人的敏感、激情去感受楚騷文化。

元稹元和五年被貶爲江陵府士曹參軍，非常關注楚文化，作《楚歌十首》，其云：「棲棲王粲賦，憤憤屈平篇。各自埋幽恨，江流終宛然。」他寫有《賽神》、《競舟》、《茅舍》諸詩，皆以「楚俗」二字起句。元稹對楚地文化風俗多理智的判斷，認爲競舟妨農，要「節此淫競俗」，施行「良政」。

因此，我們認爲任何作家或作家群體特定的審美趣味和價值判斷，不僅取決於一定思潮、政治倫理觀念、生活態度，還取決於特定的活動環境和命運遭遇。唐代南貶作家的作品，帶著各自特色的南方文化特點，宋之問、沈佺期一般是以屈原放逐來哀歎自己的命運，張九齡則是充分發揮楚辭的比興特點，來表現自己的堅貞高潔的本性。而劉禹錫更多地是在藝術上感應楚文化，柳宗元學習屈原，摹擬屈騷，是很用力的，貶謫之初寫下《弔屈原文》。其後的白居易元和十年貶爲江州司馬，借歌女自喻，寫下著名的《琵琶行》，抒發「天涯淪落」的悽楚，也深得騷意。

(二)

《舊唐書》卷一六〇柳宗元本傳云：「宗元少聰警絕眾，尤精西漢《詩》、《騷》。」柳宗元熱愛楚騷是有淵源的，他貶謫永、柳二州，除作《解祟》、《懲咎》、《閔生》、《夢歸》、《囚山》諸賦，直步《九章》外，那些山水遊記、抒情詩篇，無不得騷之精神。事實上，柳宗元作品騷怨特徵，也是唐初以來南貶作家作品的共同之處，只是柳宗元已把這化爲自覺的意識。唐代南貶作家在創作上具有很濃的楚騷味或稱作楚辭風。

第一、描繪了南地山川自然、風俗人情，拓開詩的表現空間，在宮庭、市井詩歌外，呈現出新的美學境界。如宋之問《初至崖口》、《下桂江縣黎壁》、《下桂江龍目灘》、《發藤州》、沈佺期《紹隆寺》、《從崇山向越常》、《從驩州廨宅移住山間水亭贈蘇使君》。柳宗元在永州以遊記形式記錄了永州山水，他在柳州，寫成《柳州洞氓》等詩，表現了少數民族部落的生活風俗習慣。劉禹錫在表現楚地風俗人情上，創獲尤多，「武陵俗嗜采菱。歲秋矣，有女郎盛遊於白馬湖，薄言采之，歸以御客。」因作《采菱行》，「競渡始於武陵，至今舉楫而相和之，其音咸呼云何在，斯招屈之義。」因作《競渡曲》。這些作品表現了作者模山範水和刻畫人情風俗的功力，具有如下的特點：

1. **新奇的審美意趣。**

南貶作家大多是貶在荒蠻之地，一方面，這荒遠的景象，帶給他們更深的遺棄感；另一方面，眼前的異地風情、奇異的山川又激起他們的創作熱情，他們驚諤、興奮。宋之問《下桂江縣黎壁》：「江回雲壁轉，天小霧峰攢。吼沫跳急浪，合流環峻灘。欹離出漩劃，繚繞避渦盤。」《下桂江龍目灘》：「峰攢入雲樹，崖噴落江泉。巨石潛山怪，深篁隱洞仙。」劉禹錫喜歡寫風情，以活潑的筆觸描繪了新奇的藝術感受。其《競渡曲》云「沅江五月平堤流，邑人相將浮彩舟。靈均何年歌已矣，哀謠振楫從此起。揚枹擊節雷闐闐，亂流齊進聲轟然。蛟龍得雨鬐鬣動，螮蝀飲河形影聯。刺史臨流褰翠幃，揭竿命爵分雄雌。先鳴餘勇爭鼓舞，未至銜枚顏色沮。百勝本自有前期，一飛由來無定所。風俗如狂重此時，縱觀雲委江之湄。彩旗夾岸照鮫室，羅襪凌波呈水嬉。曲終人散空愁暮，招屈亭前水東注。」詩中借助神話把競渡場面、聲威表現得生動形象。柳宗元的山水遊記也著力寫出自己對山水的新奇感受。

2.清幽的藝術境界。

這可以視爲南貶作家的藝術追求，也是其心境的投射。沈佺期《紹隆寺》詩云：「危昂階下石，演漾窗中瀾。雲蓋看木秀，天空見藤盤。」《從驩州廨宅移住山間水亭贈蘇使君》詩云：「山柏張青蓋，江蕉卷綠油。乘閑無火宅，因放有魚舟。」詩中所展現的是清明幽遠的景象。柳宗元永州八記突出反映了這種審美追求，他的《小石潭記》以簡潔的筆墨描繪了小石潭的勝景：「從小丘西行百二十步，隔篁竹，聞水聲，如鳴珮環，心樂之。伐竹取道，下見小潭，水尤清冽。全石以爲底，近岸卷石底以出，爲坻，爲嶼，爲堪，爲巖。青樹翠蔓，蒙絡搖綴，參差披拂。潭中魚可百許頭，皆若空游無所依。日光下澈，影佈石上，怡然不動，俶爾遠逝，往來翕忽，似與游者相樂。潭西南而望，斗折蛇行，明滅可見。其岸勢犬牙差互，不可知其源。坐潭上，四面竹樹環合，寂寥無人，悽神寒骨，悄愴幽邃。以其境過清，不可久居，乃記之而去。」文中著力表現「清」、「幽」二字，以「如鳴珮環」寫水聲之清脆，而對水底石的全方位觀照和對水中魚的精細刻畫描寫，突出水色之清冽。岸勢宛曲，不可知其源，竹樹環合，悽神寒骨，把人帶入一十分深幽的境地。柳宗元貶在南方，除政治上的沉重失敗帶來的悲傷外，母親的死也加重了他內心的負重，他不得不專注於自然以求一時之樂。

他沉溺於山水清幽的氣氛中，連他自己也感到「其境過清」。

3. **奇險的語言風格。**

南貶作家的創作十分可貴，如果他們在宮庭還奉命應制，作些遊戲文字，但一遭貶謫，文學也就成了他們傾吐幽憤的工具。

南方的奇異山川，遭受打擊後的騷動不寧的心理，使他們具有了獨特的感知世界的觸覺。而奇險的語言正好自然表現出內心的失衡。宋之問《發端州初入西江》：「翠微懸宿雨，丹壑飲晴霓。樹影捎雲密，藤陰覆水低。」沈佺期《入鬼門關》：「馬危千仞谷，舟險萬重灣。」柳宗元《登柳州城樓寄漳、汀、封、連四州》：「驚風亂颭芙蓉水，密雨斜侵薜荔牆。嶺樹重遮千里目，江流曲似九回腸。」《與浩初上人同看山寄京華親故》：「海畔尖山似劍鋩，秋來處處割愁腸。若爲化得身千億，散上峰頭望故鄉。」韓愈《次同冠峽》：「落英千尺墮，游絲百丈飄。泄乳交巖脈，懸流揭浪摽。」《貞女峽》：「江盤峽束春湍豪，雷風戰斗魚龍逃，懸流轟轟射水府，一瀉百里翻雲濤，漂船擺石萬瓦裂，咫尺性命輕鴻毛。」無不顯示了追求奇異的語言意趣。南貶作家以南方風物爲背景創作了許多別開生面的作品，爲唐詩、文開闢了新的美學天地。

第二、南貶作家的楚騷味還在於一些作家學習并運用了楚騷比興的表現手法。楚騷以美人香草託物興寄，已成爲文學的傳統表現方法，但南貶作家以其獨特的貶謫心理來學習楚騷，運用得就自然貼切。這當以張九齡的《感遇》十二首和《雜詩》五首爲代表。詩中名物，皆有寄託。「孤桐」、「蘿蔦」、「芳蕙」、「靈妃」、「遊女」等意象構成了色彩繽紛的楚騷世界，用以表現作者崇尚高潔、卑視世俗的品格。

蘭葉春葳蕤，桂華秋皎潔。欣欣似生意，自爾為佳節。誰知林棲者，聞風坐相悅。草木有本心，何求美人折！（《感遇》之一）

江南有丹橘，經冬猶綠林。豈伊地氣暖，自有歲寒心。可以薦嘉客，奈何阻重深。運命惟所遇，循環不可尋。徒言樹桃李，此木豈無陰。（《感遇》之七）

在《離騷》中，春蘭是高尚節操的象徵。橘樹，是南地特產，屈原作《橘頌》贊美之，稱其爲「后皇嘉樹」。這裡，張九齡對春蘭、丹橘的頌揚，既是對人格的肯定，也是對理想的抒寫。柳宗元在《柳州城西北隅種甘樹》詩中明確表白：「手種黃柑二百株，春來新葉遍城隅。方同楚客憐皇樹，不學荆州利木奴。」

劉禹錫在貶謫期間寫下《聚蚊謠》、《飛鳶操》、《百舌吟》等，以比興諷刺政敵，作《砥石賦》以自勉，「感利鈍之有時兮，寄雄心於瞪視。」在永州、柳州期間，柳宗元也寫下許多比興寄託之作，《三戒》（《臨江之麋》、《黔之驢》、《永某氏之鼠》）是對世態人情的刻畫和諷刺，《蝜蝂傳》、《哀溺文》、《招海賈文》等也是對社會丑態的批判。像他的《獨釣》，語短情深、寄意深刻。《種柳戲題》云：「柳州柳刺史，種柳柳江邊。談笑爲故事，推移成昔年。垂蔭當覆地，聳干會參天。」借種柳言情，比託自然。可以看出，張九齡《感遇》、《雜詩》其楚騷味更趨向傳統，而柳宗元、劉禹錫的比興之作更逼近現實，在主題和題材上作了新的開拓，寓言體在他們手中得到長足的發展。南貶作家詠物比興體的創作，可能與楚地風物密切相關，南方山深林密，禽鳥眾多，且不少傷人之物，元稹《蟲豸詩七首并序》：「始辛卯年，予掾荊州之地，洲渚濕墊，其動物宜介，其毛物宜翅羽。予所舍，又荊州樹木洲渚處，晝夜常有翅羽百族鬧，心不得閑靜，因爲《有鳥》二十章以自達。又數年，司馬通州郡，通之地，叢穢卑褊，烝瘴陰鬱……予因賦其七蟲爲二十章，別爲序，以備瑣細之形狀。」此可移來解釋南貶詩人寓言體興盛的原因。

第三、南貶作家的楚騷味還表現爲作品帶著濃重的哀愁。如前所述，楚歌的特點是「哀」、「悲」、「怨」，屈原遭人嫉妒，被君王流放，其爲詩篇，自然是非常感傷的，李白《古風》云「哀怨起騷人」。南貶作家雖然欣賞南地的奇異風光，但終了還是跳不出沉重的悲傷，楚地風物本身就令人生悲，「楚野花多思，南禽聲例哀。」（劉禹錫《題招隱寺》）如宋之問所詠歎的「晚霽江天好，分明愁殺人」（《始安秋日》）。他的《初至崖口》詩描繪湘中景色，美麗生動，但一想到自己的境況，就十分感傷：「微路從此深，我來限于役。惆悵情未已，群峰暗將夕。」這種情緒是持續的，他們很容易和外物產生情感對流，鍾情於本身就帶有傷感色彩的事物，只是借此一吐自己的苦惱。劉禹錫是比較放蕩達觀的，從遊玄都詠桃花詩中可以悟出他的爲人、他的個性。而他貶於南方對外物的感知就有鮮明的哀怨色彩。他說：「昔日居鄰招屈亭，楓林橘樹鷓鴣聲。」（《酬朗州崔員外與任十四侍御同過鄙人舊居見懷之什時守吳郡》）那首《送春詞》寫得多麼悽麗：「蘭蕊殘妝含露泣，柳條長袖向風揮。」《酬端州吳大夫夜泊湘川見寄一絕》詩云：「夜泊湘川逐客心，月明猿苦血沾襟。湘妃舊竹痕猶淺，從此因君染更深。」把哀怨的情緒通過猿啼血、湘妃淚渲染到極至。對劉詩作一番考察，我們還發現，就是那些描寫南地風情的詩篇，在後面總拖著哀怨的尾巴。《競渡曲》描繪競渡的場面後，寫道：「曲終人散空愁暮，招屈亭前水東注。」《采菱行》以輕盈的筆觸描寫了采菱女子的歡樂：「蕩舟遊女滿中央，采菱不顧馬上郎。爭多逐勝紛相向，時轉蘭橈破輕浪。長鬟弱袂動參差，釵影釧文浮蕩漾。笑語哇咬顧晚輝，蓼花綠岸扣船歸。」這樣的場景自然激起詩人的創作激情，歡樂本可以讓他忘掉憂愁，但他忘不了自己逐客的身份，結尾寫道：「屈平祠下沅江水，月照寒波白煙起。一曲南音此地聞，長安北望三千里。」何以如此，「千里愁人腸自斷，由來不是此聲悲。」（《竹枝詞》）

柳宗元的憂傷最爲深重，這一點也包含自我認知，他的性格不及劉禹錫達觀，也沒有劉禹錫對環境變化的應對靈活。從他們再貶時分手酬唱詩中也可以看出。柳宗元《衡陽與夢得分路贈別》：「十年憔悴到秦京，誰料翻爲嶺外行。伏波故道風煙在，翁仲遺墟草樹平。直以慵疏招物議，休將文字佔時名。今朝不用臨河別，垂淚千行便濯纓。」劉禹錫《再授連州至衡陽酬贈別》：「去國十年同赴召，渡湘千里又分歧。重臨事異黃丞相，三黜名慚柳士師。歸月并隨回雁盡，愁腸正遇斷猿時。桂江東過連山下，相望長吟有所思。」對比之下，柳劉二人及詩似有如下幾點不同：一、對再貶的思想準備不同，柳宗元感到十分突然；二、對被貶的現實對待不同，柳宗元表現出憤激之餘的悔恨，和他《三贈劉員外》「信書成自誤，經事漸知非」的情緒是一致的；三、寫景不同也表明出自我調節能力的差異，柳宗元執著於現實存在，以實景寫深憂，劉禹錫以常景寫愁情，比較通脫。柳宗元在柳州的創作一如永州，也是「蘊騷人之鬱悼」，表現自己「堙厄感鬱」之情。他的《登柳州城樓寄漳、汀、封、連四州》、《別舍弟宗一》等詩是其代表作。在時空上，他的詩善於展現空間的無限和遼遠，寫自己無盡的愁思。自己登上高樓，覺得高樓與大荒相接，海天茫茫，無窮無盡。「桂嶺瘴來雲似墨，洞庭春盡水如天。」以雲形容瘴氣彌漫，以天形容洞庭湖水的浩渺，并以量詞強化時空意識，「千里」、「百越」、「六千里」、「萬死」、「十二年」等，都是用了比較極端的數字。另外，寫景具象徵意義，「驚風亂颭芙蓉水，密雨斜侵薜荔牆。」「桂嶺瘴來雲似墨，洞庭春盡水如天。」表現了詩人對現實的畏懼、驚恐，心理上的不寧、失衡。南貶作家的創作具有楚騷特點，蘊含哀怨，宋之問、沈佺期的作品在幽奇中表現得最多的是遺棄感。張九齡繼承楚騷傳統，《感遇》詩在形式和內容上都得楚騷神髓，在垂老哀歎、詠物言情中表現對美好理想的追求。元和南貶作家，如劉禹錫、柳宗元在楚文化環境中生活時間長，感染最深，柳宗元貶謫之初，經湘水，寫下唐代第一篇《吊屈原文》，以後的創作帶著明顯的楚騷傾向，標志著唐代學習屈原及其作品的自覺和成熟。

當考察一種文化走向或文學傾向時，我們會驚喜地發現，歷史上某一作家作品的出現，因其所處的獨特環境和獨特的心理結構，呈現出獨特的風格，若干年後，類似風格的作家作品仍然出現，尋繹其構成，其條件卻又十分相似。屈原與唐代南貶作家創作的「騷怨」就是如此。不過，這種類似風格決不是簡單的因襲，而是帶著自己時代的政治、經濟、審美趣味的特徵，甚至同一時代、相同遭遇的作家因其不同的性格、心理構成，也表現爲不同的文化對待。就唐代而言，柳宗元以騷寫心，以詩寫憤，其作品具有強烈的「騷怨」精神，如從宋之問、沈佺期、張九齡一路分析下來，這種創作傾向也是所從來者至深遠的。

柳宗元永州創作心態

柳宗元永州創作足以使他雄立於文壇。「先生之文載集中凡瑰奇絕特者，皆居零陵時所作。」（汪藻《永州柳先生祠堂記》，《浮溪集》卷十九，四部叢刊本）柳宗元在永州時心理情結用「抑鬱」來概括是比較恰當的，「抑鬱」是其創作的重要心理契機，這一點兩《唐書》揭示得很清楚。《舊唐書》卷一六〇《柳宗元傳》載：「貶永州司馬，既罹竄逐，涉履蠻瘴，崎嶇堙厄，蘊騷人之鬱悼，寫情敘事，動必以文。爲騷文十數篇，覽之者爲之淒惻。」《新唐書》大意同此。觀兩《唐書》，柳宗元居於永州，心情憂鬱，一是因爲「地又荒癘」，一是「蘊騷人之鬱悼」。作爲主體本身，只說到其「竄斥」，實際上這還不足以概括作者的內心的複雜情緒，比如因母死引起的深沉自責，絕嗣的憂慮帶來的恐懼。如果說隨著時間的推移對改革失敗的痛苦還能有所淡化，而這些人生的本質問題卻伴隨其終生，何況他屢屢以「孝」來反省自己。這裡試圖從人文環境和個體情感體驗兩方面來探討柳宗元永州創作的心理態勢，由此進一步認識柳宗元創作的藝術個性，至於政治上失敗對他的沉重打擊引起他內心的憂鬱本文則略去，因爲這方面人們的論述已經不少。

自然，堙厄感鬱

地理風貌對人心理的影響這是爲心理學家研究所證明了的。丹納《藝術哲學》也從地理環境入手對藝術風格、作家心理進行了實證研究。我國古代作家在創作實踐中也意識到不同的自然環境對文章風格、作家心理的影響。宋濂《蔣錄事詩集後》云：「山林之文，其氣瑟縮而枯槁；臺閣之文，其體絢麗而豐腴。此無他，所處之地不同而所託之興有異也。」（《宋文憲全集》卷十三《鑾坡續集》，四部備要）唐順之《東川子詩序》云：「西北之音慷慨，東南之音柔婉，蓋昔人所謂繫水土之風氣。」（《荊川先生文集》卷六，江南書局刊本）。這些闡釋雖是粗線條的，但不難讓人們領會文氣與自然地理位置的聯繫。

在長安生活了十多年的柳宗元一下子來到永州這個陌生的環境，原已很悲傷的心境更添上幾層痛苦。永州的自然環境（地理風貌、氣候等）與北方反差甚大。柳宗元在他的詩歌和文中對永州的自然環境頗多描寫，《種仙靈毗》詩云：「隆冬乏霜露，日夕南風溫。」（柳宗元詩文均據中華書局版《柳宗元集》，下同）《陪永州崔使君游宴南池序》云：「零陵城南，環以群山，延以林麓。其崖谷之委會，則泓然爲池，灣然爲溪。其上多楓楠竹箭、哀鳴之禽，其下多芡芰蒲蕖、騰波之魚。」此序還是在心境較好時寫成的，那山、那水、那魚、那樹經作者描繪，「誠游觀之佳麗者」，但內心的感受、自然的荒涼是難以掩飾的，「哀鳴」二字已露出心曲。宋汪藻《永州玩鷗亭記》云：「余謫居零陵，得屋數椽，瀟水之上既名爲僇人，人罕與之游，又地承凋瘵之餘，無可游者。」（《浮溪集》卷十九）汪文也反映了永永州之荒涼，由唐至宋此地并無多少可供游覽的風景名勝。當時能引起柳宗元一時愉悅的也只是一樹一石而已，「時至幽樹好石，暫得一笑，已復不樂。」（柳宗元《與李翰林建書》）所謂心與物游，借山水以自遣的娛樂也是片刻之間，稍縱即逝。

而且他的游山玩水本身就不是一輕鬆的事，據他《與李翰林建書》中說：「悶即出游，游復多恐。」一方面爲了一時的精神平衡不得不出游以消悶，另一方面由於環境荒涼、叢棘中時有傷人之物，恐怖不寧自然使他的游賞達不到徹底解脫煩惱的效果。陸走舟行皆不能平安：「涉野有蝮虺大蜂，仰空視地，寸步勞倦；近水即畏射工沙蝨，含怒竊發，中人形影，動成瘡痏。」從中亦可窺見柳宗元「自放山澤間」的「堙厄感鬱」的創作心態。確實，柳宗元在賞玩山水時，「憂鬱」的情結始終無法超越，儘管他聆聽小石潭如鳴珮環的悅耳之聲，感受到游魚似與游者相樂的快感，但內心的憂鬱很快又襲上心頭，理智的暫時抑制終敵不過感情的內在潛流。「坐潭上，四面竹樹環合，寂寥無人，悽神寒骨，悄愴幽邃。以其境過清，不可久居，乃記之而去。」這種心理感受大概不僅僅游小石潭時才產生。

不僅是山水風物、氣候時刻騷擾著作者憂鬱不安的心靈世界，異於北地的風俗也會引起他的內心的感傷。《與蕭翰林俛書》云：「居蠻夷中久，慣習炎毒，昏眊重膇，意以爲常。忽遇北風晨起，薄寒中體，則肌革慘懍，毛髮蕭條，瞿然注視，怵惕以爲異候，意緒殆非中國人。楚、越間聲音特異，鴂舌啅噪，今聽之怡然不怪，已與爲類矣。家生小童，皆自然曉曉，晝夜滿耳，聞北人言，則啼呼走匿，雖病夫亦怛然駭之。」因居永州久，習慣了地方土語，小孩聽北人言反覺大怪。反言之，柳宗元初貶之時而楚聲滿耳，不正是頓然駭之，何況柳宗元此乃自慰之詞。以他這種年齡，在長安又生活過十多年，聽到北人言語，只會倍感親切、起歸歟之歎。南地方言土語無疑使柳宗元更加感到孤獨寂寞，似乎命運把他拋棄在一個荒蕪的孤島之上。

自然的景觀、氣候、異俗，這一切都使作者帶來的改革失敗的悲觀沉浸在這樣一種氛圍裡，而不能自我解脫，要瞭解柳宗元一定要知道永州賦予柳宗元的一切。正象黑格爾所說的，你要瞭解阿拉伯人，就要瞭解他們的天空、星辰，他們酷熱的沙漠以及他們的駱駝和馬。儘管這樣，柳宗元總是要尋求解脫、超越憂鬱，他著文立說、教授門徒，不妨也視爲一種注意力的轉移，他不尋找解脫，也就會在憂鬱中沉默而消失，這是他自己也已意識到的。柳宗元刻意尋找超越還是被動的，他只能在自然中尋找樂趣，他尋找自然以解脫的效果無過於他自己講得清楚：「時到幽樹好石，暫得一笑，已復不樂。」柳宗元實在太悲傷了，他主觀上希望心理成爲一塊磁石死死吸住自然山水，可是這塊磁石的引力太小了，「暫」字正描繪出一個極其短暫的時間過程，潛伏的憂鬱時刻都會鑽出來。

看來他想超越而一次次超越非但沒有成功，而是一次次憂鬱情感的積聚。何以如此，他解釋說：「譬如囚拘圜土，一遇和景出，負牆搔摩，伸展支體，當此之時，亦以爲適，然顧地窺天，不過尋丈，終不得出，豈復能久爲舒暢哉？」整個永州如一牢籠，憂鬱情感不是一時的山水之娛所能排遣的，他明知如此，卻沒有絲毫放鬆自己的努力。「凡是州之山有異態者，皆我有也。」原本荒蕪的自然，他不惜披荊斬棘地去開拓，西山可觀，「遂命僕人過湘江，緣染溪，斫榛莽，焚茅茷，窮山之高而止，攀援而登，箕踞而遨」。柳宗元此時絕非游興大起，而是拚命地近乎發狂地去尋找寄託，以轉移注意力，不要總是沉浸在一種悲痛之中，而這悲痛似乎已經使他心理超載了。有人告知愿以鈷鉧潭上田「貿財以緩禍」，柳宗元「樂而如其言，則崇其臺，延其檻」。正因爲作者內心憂傷，他不斷尋找山水以求一時心理平衡，「得西山後八日，尋山口西北道二百步，又得鈷鉧潭。潭西二十五步，當湍而浚者爲魚梁。梁之有丘焉，生竹樹。」作者「即更取器用，鏟刈穢草，伐去惡木，烈火而焚之」。作者憂傷的心靈易於顫動，其時他的感覺特別靈敏，也可以看出他急於解脫的心情，「從小丘西行百二十步」，隔著竹子聽到水聲，不甚欣喜，遂「伐竹取道」以求「暫得一樂」。從傳世的永州八記看，後面的四記是隔了二、三年寫成的。可以說柳宗元游山玩水，希求解脫，最終已意識到，想依靠山水之趣慰平受傷的心靈是無望的，就是在觀賞過程中已感到「悽神寒骨，悄愴幽邃」了。此後他對山水的興趣已大減，根本原因在於不能在山水中忘卻痛苦和憂愁。

二、三年後寫成的「後四記」，似乎已不是完全爲了超越憂鬱，如《袁家渴記》，是因爲「不敢自專也，出而傳於世」。《石渠記》是爲了「俾後之好事者求之得以易」。終以《小石城山記》作了冷靜理智的表述，雖尙存不平之氣，但與「前四記」終「以其境過淸」收束已大異其趣。從寫法上也可以看出，前四記作者處於極度的情緒震蕩中，視覺比較敏銳，對山水的潛心琢磨無非是想從痛苦中多掙扎出一些時間，故觀摩極爲細膩，他觀察到小鈷鉧潭西小丘的眾石之形——「其嶔然相累而下者，若牛馬之飲於溪；其沖然角列而上者，若熊羆之登於山。」他注意到小石潭光色變化——「潭中魚可百許頭，皆若空游無所依，日光下澈，影佈石上，怡然不動，俶爾遠逝，往來翕忽。」而後四記因久處永州，已習慣於此地風物，心境也較前有了改變，缺少了剛貶永州時與北地風物的逆差感覺，也沒有那急於掙脫憂鬱桎梏的焦慮，所寫多於大處作總體的描繪。

柳宗元這種有意尋找自然的樂趣來釋放內心積貯的憂鬱以恢復精神狀態和心理狀態平衡所作的努力轉化爲對自然山水的自覺創造活動，并以一組文章的形式出現，顯示出獨特的風貌品格，在山水游記文的表現史上有著傑出的意義，它自覺擴大了散文的表現領域，此後山水成了散文中常見的表現對象。林紓《柳文研究法》云：「山水諸記，窮桂海之殊相，直前無古人，後無來者。昌黎偶記山水，亦不能與之追逐，古人避短推長，昌黎於此，固讓柳州出一頭地矣。」林氏飽含深情地揭示出柳宗元永州山水游記的地位，但其以「避短推長」來解釋恐怕未中肯綮。

歷史，騷怨回聲

從傳統文化來看，楚地文化的代表在後世知識分子心中莫過於楚辭了。應該說，楚地文化氛圍中一個重要方面就是楚地文化孕育出的奇葩——楚辭。柳宗元貶往永州，他首先想到的就是這塊土地上的傑出人物屈原，儘管已經隔著一千多年，仍舊聽到了這種歷史生活經歷的哀怨回聲。屈原可以說是憂患文化情感的原型，一個貶於楚地的士大夫文人對此反應極爲敏感是會得到合理的解釋。

唐代南貶作家受楚騷爲代表的楚文化影響是爲文學創作實際所證明了的，安史亂後楚騷傳統已成爲南方的文化氛圍，不獨南貶作家如此。權載之《送張評事赴襄陽覲省序》中明言：「群賢以地經舊楚，有《離騷》遺風，凡燕軷歌詩，惟楚辭是學。」文化的地域性差異，與傳統相接，在創作上表現得非常活躍。丹納在《藝術哲學・時代》中分析這種現象時，指出：「詩人把自己限制在一個看得見的范圍之內，那是人的經驗在每一代身上都能重新看到的，他不越出這個范圍。」實際上，傳統對人的文化意識影響極大，而人的特定心理結構對傳統文化的感受又是主動積極的。可以這樣說，柳宗元對楚辭的接受有別於他人的正是以「逐臣」身份去尋找到他的偶像。他憑吊屈原，寫下第一篇《吊屈原文》。

文名爲吊屈，實爲吊己，賦中所詠歎的是一一對應的關繫。首先，屈原由於君王聽信小人之言而被放逐，柳宗元則由於革新失敗而被貶謫，「後先生蓋千祀兮，余再逐而浮湘」。「再逐」二字已將他和屈原放在同一位置上來思考。其次，柳宗元認爲他和屈原的同被放逐，都是因爲「惟道是就」。「犴獄之不知避兮，宮庭之不處。」第三，他們的行爲爲世人所不理解，屈原感歎眾不可戶說，柳宗元亦悲傷「言不信而莫余白兮，雖遑遑欲焉求」！尤其讓柳宗元氣憤的是，時至今日，有人對屈原的死還指手劃腳，「今夫世之議夫子兮，曰胡隱忍而懷斯？惟達人之卓軌兮，固僻陋之所疑。」只有柳宗元能探知屈原的苦心：「委故都以從利兮，吾知先生之不忍。立而視其覆墜兮，又非先生之所志。窮與達固不渝兮，夫唯服道以守義。矧先生之悃愊兮，滔大故而不貳。」柳宗元對屈原的充分理解和熱情頌揚正是建立在有類似遭際的基礎之上的。我們從柳宗元對屈原的體認上可進一步探討其初貶永州的心理，而這一時期的賦作正是柳宗元心理的寫照。

收入《楚辭後語》（《楚辭集注》附，上海古籍出版社版）中的柳賦，除《弔屈原文》外，尚有《弔萇弘文》、《弔樂毅文》、《乞巧文》、《憎王孫文》以及《招海賈文》、《懲咎賦》、《閔生賦》、《夢歸賦》等，計九篇。突出反映其心理狀態的是後三賦。在這三賦中，柳宗元開始對剛結束的轟轟烈烈的「永貞變法」進行反思，儘管他時或反躬自責，更多的卻是對命運的懷疑和不解以及遠隔中原地處南楚的怨恨與惆悵。「余囚楚、越之交極兮，邈離絕乎中原。」在這遙遠的南方，他整天被恐怖所圍困，所見到的南地風物無非是「戲鳧鸛乎中庭兮，蒹葭生於堂筵。雄虺蓄形於木杪兮，短狐伺景於深淵」。這只能使他「夜寢而晝駭」、「氣沉鬱以杳眇兮，涕浪浪而常流」。日有所思，夜有所夢，因成《夢歸賦》。屈原神游而上下求索，柳子夢歸而顧懷舊鄉，在表現手法上有相似之處。夢是人心靈的自陳，弗洛伊德把全部創作活動歸結為白日夢，當然不對，但其對作家幻想的解釋可參考，他認為作家如同小孩做游戲一樣，懷著熱情去構造一個「同現實嚴格地區分開來」的幻想世界，「幻想的動力是未被滿足的愿望，每一個幻想都是一個愿望的滿足。」（《佛洛伊德論美文選•作家與白日夢》，知識出版社）對柳宗元來說，「歸」是一個幻想世界，而夢的描寫卻又是現實的折射。《夢歸賦》云：

> 欻騰踊而上浮兮，俄滉瀁之無依。圜方混而不形兮，顥醇白之霏霏。上茫茫而無星辰兮，下不見夫水陸。若有鉥余以往路兮，馭儗儗以回復。浮雲縱以直度兮，云濟余乎西北。風纚纚以經耳兮，類行舟迅而不息。洞然于以瀰漫兮，虹蜺羅列而傾側。橫衝飆以蕩擊兮，忽中斷而迷惑。靈幽漠以瀄汩兮，進怊悵而不得。白日邈其中出兮，陰霾披離以泮釋。施嶽瀆以定位兮，互參差之白黑。崩騰上下以徊徨兮，聊案行而自抑。指故都以委墜兮，瞰鄉閭之修直。原田蕪穢兮，崢嶸榛棘，喬木摧解兮，垣廬不飾。山嵎嵎以巖立兮，水汩汩以漂激。魂恍惘若有亡兮，涕浪浪以隕軾。

章法結構逼近《九章》，賦中敘寫經過曲折艱難，終於回到故都，其中「衝飆蕩擊」而使歸路中斷，正是詩人幻想有朝一日蒙恩赦還又受小人讒阻的擔憂，事實已證明這憂慮不是多餘的。故鄉的頹敗景象也是「墳墓不掃，宅三易主」的寫照。

由此，我們可以看到，柳宗元貶於永州，自身的憂鬱和千載之上的先賢屈原及其作品產生共鳴，其作品，尤其是賦作集中地表現了楚騷的哀怨。

劉禹錫《竹枝詞》序云：「四方之歌異音而同樂，歲正月余來建平，里中兒聯唱竹枝，吹短笛擊鼓以赴節，歌者揚袂睢舞，以曲多爲賢，聆其音中黃鐘之羽，卒章激訐如吳聲，雖傖儜不可分而含思宛轉，有淇澳之豔音。昔屈原居沅湘間，其民迎神，詞多鄙陋，乃爲作《九歌》，到於今，荊楚歌舞之。」這說明南方楚風的遺存，還有一些材料也記載楚地至今還有「屈宋之遺風」，前引權德輿序文亦云，文人於楚地「惟楚辭是學」，這是柳宗元學習屈騷的社會風俗和文化氛圍的背景，正如丹納表述的那樣：「因爲風俗習慣與時代精神對於群眾和對於藝術家是相同的；藝術家不是孤立的人。我們隔了幾世紀只聽到藝術家的聲音；但在傳到我們耳邊來的響亮的聲音之下，還能辨別出群眾的複雜而無窮無盡的歌聲，像一大片低沉的嗡嗡聲一樣，在藝術家四周齊聲合唱。只因爲有了這一片和聲，藝術家才成其爲偉大。」柳宗元正是這樣偉大，他學習屈原又深得楚騷之神髓。

家境，塡擁慘沮

不僅地理環境與文化氛圍影響柳宗元心理，內心矛盾沖突更加劇了「憂鬱」情感。一種常見的現象，政治上失敗的人往往把精力轉移到自身生活、家庭、子女教育上，這也算是一種補償。遠貶之時，柳宗元更多在思考柳氏家族的歷史和榮譽，思考自己在家族延續上所應承擔的責任。特別是他母親隨他至貶所不久即死去，給他一個沉重的打擊。老母的死使他陷入深深的自責之中，他認爲老母死與自己有關，是因到這炎毒之地，缺醫少藥，又沒有奉養的條件，纔釀成了如此大的罪過。《先太夫人河東縣太君歸祔誌》既是作者真情的吐露，也是作者不能盡孝道的「懺悔錄」：

> 其孤有罪，銜哀待刑，不得歸奉喪事以盡其志。……太夫人有子不令而陷于大僇，徙播癘土，醫巫藥膳之不具，以速天禍，非天降之酷，將不幸而有惡子以及是也。又今無嫡主以葬，天地有窮，此冤無窮。既舉葬紖，猶以不肖之辭，擬述先德……而卒以無孝道，不能有報焉。喪主子婦七歲，而不果娶。竄窮徼，人多疾殃，炎暑熇蒸，其下卑濕，非所以養也。診視無所問，藥石無所求，禱祠無所實，蒼黃叫呼，遂遘大罰。天乎神乎，其忍是乎！而獨生者誰也？為禍為逆，又頑很而不得死，逾月逾時，以至于今。靈車遠去而身獨止，玄堂暫開而目不見。孤囚窮縶，魄逝心懷。蒼天蒼天，有如是耶？有如是耶？而猶言猶食者，何如人耶？已矣已矣！窮天下之聲，無以舒其哀矣。盡天下之辭，無以傳其酷矣。

柳宗元老母元和元年死於零陵佛寺，第二年歸祔京兆萬年棲鳳原其父之墓，本來柳宗元作爲唯一的宗子應歸奉喪事，但由於他是貶官不能離開貶地，只好委派太夫人之兄子弘禮護喪北歸，柳宗元內心沸然，萬分痛苦，念無嫡主以葬，自感未盡孝道，望靈柩而北去，痛哭流涕。奉母於永州，這是不得已的事，實際上就是不「孝」。柳公綽「爲湖南觀察使，地氣卑濕，公綽以母在京師不可迎視，致書宰相，乞分司洛陽以便奉養」。（見《冊府元龜・總錄部・

孝六》）此事為時人稱為孝舉。柳為唐代關中望族，河東柳氏最名。其家禮最肅，晚唐柳玭《戒子孫》、《家訓》亦以珍愛門第為意。《歸祔誌》借伯舅之口云：「汝宗大家也，既事舅姑，周睦姻族，柳氏之孝仁益聞。」可見柳氏家族的名譽之一即以「孝」贏得的。柳宗元對「孝」道稱頌不已，曾作《孝門銘》，其云：「肇有三位，孝道爰興。」此文全載於《舊唐書·孝友傳》。柳宗元對其母之死不勝悲傷，他認為如果老母不隨其南行，也不致早逝，「不幸而有惡子以及是也」，死後宗子又不能護喪北歸，雙重的「不孝」，使得柳宗元連呼：「有如是耶？有如是耶？」他無法忘掉對母親的不孝，他無法抹去靈車北去的悲慘一幕，《懲咎賦》中他哀傷地悲吟：「哀吾生之孔艱兮，循《凱風》之悲詩。罪通天而降酷兮，不殛死而生為？」《凱風》是《詩經》一篇，內容据釋是贊美孝子的，想到孝道對柳氏家族的重要，柳宗元感到無地自容，惟求一死。

柳宗元在永州大概不能忘記一生中對母親的不孝，因此而引起的深深自責，這使他心理更為憂鬱。《新唐書》柳宗元本傳載，「元和十年，徙柳州刺史。時劉禹錫得播州，宗元曰：『播非人所居，而禹錫親在堂，吾不忍其窮，無辭以白其大人，如不往，便為母子永決。』即具奏欲以柳州授禹錫而自往播。」這一記載人們往往視為劉柳的友誼，當然有道理。但更應該看到，柳宗元這樣做是由於自己的經歷和切身體驗所決定的，他自己「不孝」已無法挽回，可不能讓朋友蹈自己的覆轍。母親的死，柳宗元在精神上受到重創，他在《先侍御史府君神道表》中說：「無以寧太夫人之飲食，天殛薦酷，名在刑書，不得手開玄堂，以奉安祔，罪惡益大，世無所容。」他深感此事有辱柳家「孝仁」，對不起列祖列宗，更對不起死去的父親。正如心理學家研究認爲的，「丟失情境中，就會引起失望和喪失安全感，失去自我確認和自信的威脅，以及對自身的悔恨和焦慮，從而產生一種復合的痛苦體驗。」并認爲失去親人的憂鬱，時刻縈繞於心的「是自己在死者生前做過對不起他的事，并自認這些事構成他的死因。於是加重了失去親人引起的悲痛而陷入憂鬱之中」（孟昭蘭《人類情緒》一六五—一六七頁，上海人民出版社）。

不僅如此，封建社會宗法制度在家庭范圍內支配一切，血親種係的延續是至關家族興衰存亡的大事，直係血親的傳續是保持家族利益榮譽的基本保證。作爲宗子的柳宗元責無旁貸、毫無選擇地負有家族傳宗接代、延傳香火的重大責任。他在《懲咎賦》中痛苦地說：「將沉淵而殞命兮，詎蔽罪以塞禍！惟滅身而無後兮，顧前志猶未可。」他曾想效法屈子沉淵，但一考慮到家族有絕嗣之憂，他又不能憤然而死。絕嗣爲大不孝，《冊府元龜》卷八二五《總錄部·名字二》：「崔慎由大中年鎮西川……從容謂曰，臣聞罪大莫若絕嗣，今四十無子良可懼也。」柳宗元在《先侍御史府君神道表》中也說：「罪惡益大，世無所容。尚顧嗣續，不敢即死，支綴氣息，以嚴邦刑，大懼祭祀無主。」他在與岳丈楊憑的信中把「絕嗣」之事以倫理綱常來進行過審視：

至今無以託嗣續，恨病常在心目。《孟子》稱：「不孝有三，無後為大。」今之汲汲於世者，惟恐此而已矣。

柳宗元曾和楊憑女兒結婚，楊女孕而身亡（見《與楊京兆憑書》），這種絕嗣之痛常常伴隨，而活在世上，只是爲此而已。他在《與許京兆孟容書》中則從宗族利益來發抒絕嗣的憂痛：「自以得姓來二千五百年，代爲冢嗣……恐一日塡委溝壑，曠墜先緒，以是怛然痛恨，心骨沸然。」他何嘗不想早日了此心事，但「荒隅中少士人女子，無與爲婚，世亦不肯與罪大者親昵，以是嗣續之重，不絕爲縷，每當春秋時饗，孑立捧奠，顧盼無後繼者，懍懍然欷歔惴惕。恐此事便已，摧心傷骨，若受鋒刃，此誠丈人所共憫惜也。」對家族的利益柳宗元自覺責任重大：「先墓在城南，無異子弟爲主，獨託村鄰，自遣逐來，消息存亡，不至鄉閭，主守者因以益怠，晝夜哀憤，懼便毀傷松柏，芻牧不禁，以成大戾。近世禮重拜掃，今已闕者四年矣。」正因爲家族式微，求嗣以延香火的心情更爲迫切，如果能「就婚娶，求允嗣，有可託付，即冥然長辭，如得甘寢，無復恨矣」。此事重大，因而他的朋友也非常關心，吳武陵《遺孟簡書》云：「獨子厚與猿鳥爲伍，誠恐霧露所嬰，則柳氏無後矣。」（見《全唐文》卷七一八）儘管柳宗元自矜門第，初不肯與非士人女通婚，但最後也不得不說：「即便耕田藝麻，娶老農女爲妻，生男育孫。」柳宗元臨死有二子，長子周六纔四歲，託於朋友，但人們不得知其母身世，大概是民間女子，這也符合唐代娶妾生子的習俗。從這裡可以看出柳宗元「絕嗣之憂」何日忘之，最後也只能草草了之。

柳宗元南貶後情緒比較低落，短暫的自我調節也沒有使他超越憂鬱感傷的心理障礙，時存希望又都在幻滅中經受著痛苦的體驗。他的悲傷太多了：貶謫，意味著一個滿懷熱情的政治改革者的失敗；地處南楚，使他無可回避地品味著楚國山川水澤的氤氳，一種憂傷的文化氛圍和他心靈的憂鬱感傷和諧地發生共鳴；他自身許多不幸加重了他的憂鬱情緒——老母的死使他不能自拔地沉溺於深刻的自責之中，身體的眾疾交加，同樣使他感到一種忽忽如亡的威脅因而產生對生命的渴望、對生子續嗣的企求。他實在無法肩載生活的重壓，他想如先賢一樣以死殉道，但柳氏一族斷嗣的倫理壓力和對母親懺悔贖罪以補償一點心理的平衡，又使他隱忍苟活。中國古代文人常常在自虐中求得心理平衡。「君子固窮」、「聖賢發憤之所爲作」，柳宗元《寄許京兆孟容書》中云：「賢者不得志於今，必取貴於後，古之著書者皆是也。宗元近欲務此，然力薄才劣，無異能解，雖欲秉筆覼縷，神志荒耗，前後遺忘，終不成章。」在《與楊京兆憑書》中云：「雖有意窮文章，而病奪其志矣。」柳宗元雖如此說，但他未嘗輟文，他以「中心之悃愊鬱結」發而爲沉鬱峻峭之文，永州創作以其獨特面貌給中國文學留下了豐碩的財富。

何以柳宗元寫出今傳唐代第一篇《吊屈原文》，何以他說自己的創作是「放情詠《離騷》」，屈子憂憤自沉而殉志，柳子憂鬱苟忍以待嗣，「離，猶遭也；騷，憂也，明己遇憂作辭也。」除此，還有什麼能解釋他們創作的共同心理契機。

前人認爲柳宗元貶謫後，「其言大率悲慘嗚咽，令人欲涙，何其不自廣至此。」「子厚

以卒是至何亦然，免不所子君固，志傷己閔。楚酸為特，者詩於發，歎之悴憔悲憂其，貶之

憂或，喜則喜遇，憂則憂當明淵陶崇推，脫超能不元宗柳難責乎似們他—」。理達為未，死憤

宗柳與人文今古，解理少缺理心」鬱憂「和苦痛人個州永元宗柳對是難責種這然顯，忘兩樂

？幾有者等相苦病重多元

評《隋唐五代燕樂雜言歌辭研究》

《隋唐五代燕樂雜言歌辭研究》（中華書局一九九六年十一月版，下稱《研究》）的出版，是學術界一件可喜可賀的事。研究中國音樂與文學關係的著作擺在我們面前的就那麼幾部，而它是最有分量的後出轉精之作。這一部著作無疑是音樂與文學研究相結合的典範，精義迭出，新見紛呈，表現了作者的智慧和才力。因某種緣分我有幸讀過王昆吾先生的博士論文打印稿，十年後又讀到了此書的校樣，現在看到這部印刷精美的四五萬字的著作，感觸是很多的。當今的學術迅疾發展，十年對那些忙於理論建構和追逐文化思潮的人，不知更換了幾茬幾代，以至於不少人若干年後羞於再提最初隆重推出的幼稚建樹。因此，當我們讀《研究》時，更加體會到真知灼見的學術所具有的長久的魅力——此書不僅以其博大的體系和透辟的分析體現出對歷史事物研究的客觀性和理性，而且還提示了文學史研究的基本途徑：在充分佔有原始材料的基礎上，努力考察事物的廣泛聯繫，認真分析事物的階段性發展，以說明文學的發展規律。

把文學作爲一種文化事項，放在較寬闊的背景下進行研究，這并非是一種時髦，而是由資料與對象的本性決定的，是文學研究向深層次展開的客觀選擇。比如關於音樂與文學關係的研究，乃緣於文學史上如下一些基本事實：詩三百以音樂爲標準劃分爲風雅頌，楚辭源於民間娛神的巫歌，漢樂府民歌及南朝民歌均爲歌唱的文學，「歌行」、「聲詩」皆由音樂術語而成爲文學術語，「曲子」與「詞」本屬母與子的親緣……文學的本質恰恰能在與音樂的聯繫中得到解釋。這樣的研究困難不在於選擇一種中介，如音樂所憑依的風俗、制度或宗教，而在於對圍繞中介的種種關係的深入探討。作爲一個文學史工作者，對文學史的熟悉是最基本的能力。而對深化文學史研究的中介物及其背景事物的真正認識卻是難於做到的。迄今爲止的研究已經昭示了這樣一個事實：大多研究者對引入文學研究的種種中介事物或背景事物缺少深入的瞭解，常見的情況是把某一領域的概論移來生硬拼接。這樣的研究非但不能將學術研究引向深入，最危險的也是最可能的卻是會擾亂視聽，致使治絲益棼。《研究》啓示我們：正確的做法是通過創造性的研究熟悉和把握文學的各種相關事物，成爲所討論的每一對象領域的專家（甚至在那一領域你的成果也是處於領先地位），這樣你的研究纔能具有充分的價值。這是我讀《研究》的第一個感受。

《研究》是對隋唐五代燕樂雜言歌辭的研究，其中介事物有種種風俗與儀式，而其中主要的背景事物是燕樂。因此，作者對有關音樂的問題，特別是作爲中古民族文化交流之果實的「燕樂」，用了相當大的篇幅進行了探討。一方面充分吸收了當代音樂研究的重要成果，比如在論述中國古譜存在形式時，指出指位譜和音位譜中，指位譜爲主要形式，引用了日本正倉院的唐筆字譜、日本京都神光院所藏初唐寫本《碣石調幽蘭》琴譜等，或反證，或旁證

（四七頁）；又如爲了闡釋鄭譯八音之樂的理論及其樂律學背景，引用了黃翔鵬《八音之樂與「應」「和」聲考索》，指出鄭譯理論表現了胡樂和俗樂在樂律學理論上融合的音樂本質內涵以及開啓了二十八調體系的音樂學意義（三九—四〇頁）。另一方面，也是主要方面，他對中國音樂的歷史發展和燕樂體系的建立過程作了細密的分析。這一點突出體現了他一貫的學術品格：客觀的態度和對真理的不懈追求。他在界定隋唐五代燕樂概念的時候，在對中古音樂史作出的階段劃分的時候，顯示了深厚的音樂學的素養和功力。例如「關於樂律、樂器和夷夏之辨」節，雖然主要涉及音樂的物質形態，但不難看出作者對音樂史演進的總體把握。音樂在本質上是訴之於聽覺的表演藝術，而提供給音樂史工作者研究的材料大多是紙上的記載，因此，準確掌握音樂史術語的確切而具體的內涵，是一件很困難的事情。作者從不願意用模糊的描述去對待這類事物，而總是在眾多的材料中細心勾劃概念的本質特徵。例如關於大曲結構的術語，名目繁多，且有歧義，作者指出：「它們的歧義，實質上是由於從不同角度看待大曲的結構而形成的。例如日本資料較重管樂，宋大曲資料較重節奏樂，《樂府詩集》較重歌辭，白居易《霓裳羽衣歌》較重舞蹈。」（一七八頁）這一基本的認識使作者能系統揭示大曲結構術語的對應關係，并能在研究中靈活運用。

對音樂史的深入研究使作者具備了較高的音樂學造詣，這使他總能在比較高的層次上和當代音樂史專家進行對話。他說：「據音樂學家黃翔鵬的審核，本書關於中古音樂史的論述，可以得到音樂形態學資料的充分支持。」（五八八頁）這意味著文學資料與音樂學資料的高度統一，也意味著歷史（音樂文學史）與邏輯（民族音樂的深層結構）的高度統一。毫無疑問，在中國的文學研究界，他是往音樂學領域走得最遠最深的學者。

現象與現象之間、事物與事物之間發生聯繫，有表層的聯繫，也有本質的聯繫。最有價值的工作當然在於揭示事物之間的本質聯繫。越是能在紛亂的表像之後揭示出潛在的聯繫，越能顯示研究者的素質和研究成果的價值。這是讀《研究》的第二個感受。

隋唐五代燕樂雜言歌辭的研究容納了極爲複雜的材料和各個層次的問題。就這部著作所涉及到的方面來看，它包涵了曲子、大曲、著辭、琴歌、歌謠、講唱等音樂文學品種，而每一品種又具有豐富的內容。例如在「曲子」一章，作者研究了曲子及其特徵、風俗歌與妓歌、曲子的產生、雜言曲子辭、關於依調填辭等諸多問題。提出這些問題，可以說就已經在分類學上取得具有相當意義的成果了；時下一些著作習慣的做法是停留在這一步，僅僅把材料堆砌起來，作簡單的描述或概括。但《研究》卻沒有這樣，而表現了非常自覺的科學研究意識：在事物的聯繫中努力探尋事物運行的原因和原理。讀畢全書，回頭來看第七頁的隋唐五代燕樂基本概念構成圖，我們就可以瞭解到作者如何展開自己的思路，如何在豐富的門類中找到事物之間的聯繫的：因爲這一圖表是作者深入論證、具體考訂的結果。例如，作者對曲子產生背景的風俗歌與妓歌，到包括依調填辭在內的複雜的曲辭關係都作了細致而翔實的論述。因此，《研究》的這一導讀圖，代表的是一個從抽象到具體再回到抽象的分類學的成果。在佔有翔實資料的基礎上，對事物作出能夠揭示其深刻本質的分類，這大概是《研究》對於中國中古音樂文學研究的一個主要貢獻。

學術研究態度應該是客觀的，而研究的成果當有助於學科的建設和發展，《研究》不僅有助於中國音樂史的研究，也有助於中國文學史的深入研究。這是讀《研究》的第三個感受。

這部著作儘管用了大量篇幅討論音樂問題，但其著眼點則在文學。作者始終關注中國文學史中的重大問題，一開始，就引述了文學史教科書關於詞起源問題的討論（一一頁），而在結束語中又交待了隋唐五代燕樂歌辭研究對文學史家的意義（四八一頁）。書中有關文學的創見是不勝枚舉的，這裡且談一談其中涉及的詞起源問題和世傳蔡琰《胡笳十八拍》的真僞問題。

本世紀文學研究有一個熱點，就是研究詞的起源。形成熱點的原因大概有二：一方面，敦煌資料和新興的中國音樂研究把人們的目光引向隋唐燕樂這個背景事物，問題的解決有了新的條件；另一方面，這一思路卻未得到文學研究者的廣泛認同，因爲傳統的一個問題——詞律是如何產生的？詞和詩到底有怎樣的關係？并未得到合理解釋。作者在進行隋唐燕樂研究的時候，發現這一問題可以轉換爲初盛唐的教坊樂如何進入中晚唐文人生活的問題，因而注意到盛唐以後發展起來的飲妓藝術，以及與之相聯繫的酒筵歌舞。在全面佔有資料（包括考古資料、敦煌文獻）的基礎上，提出了一個「令格」概念，認爲晚唐五代的文人曲子辭格律既不同於敦煌曲子辭的格律，又不同於宋代文人詞的格律；因此，它的產生原因不僅在於音樂，也不僅在於詩律，還在於酒令令格。或者說，從曲子辭向詞的轉化，在其早期階段起重要作用的是音樂，而在其後期階段起重要作用的是酒令。它在民間辭階段獲得歌調，在樂工辭階段獲得依調撰詞的曲體規範，在飲妓辭階段增加衆多的改令格，這些令格到五代以後的文人辭階段纔轉變成由詞譜所規定的種種格律。詞律迥異於近體詩律，因此，不能把近體詩看作詞的主源。本書《著辭》章，即對此作了集中論述。

關於《胡笳十八拍》，五十年代末期，中國文學研究界有過一場激烈的爭論。此即關於《胡笳十八拍》的作者及創作年代的爭論。爭論雙方的陣營十分強大，郭沫若、劉大傑各爲一方的主將。討論的結果編成了一部幾十萬字的論文集，但卻沒有得出明確的結論。原因是什麼呢？是因爲爭論雙方都沒有看到《胡笳十八拍》的本質：它是一首琴歌，而不是普通的文學作品。儘管雙方都拿出了一批足以支持自己觀點的資料，但他們卻無法對這些資料作出合乎邏輯的解釋。《研究》的作者在研究唐代琴歌時注意到了這一問題，因此很自然地補充了三類資料。一是七弦琴藝術史的資料。根據這些資料，可以清晰地描寫出《胡笳》曲的發展過程：開始是琴小曲（魏晉南北朝），後來是琴大曲（盛唐），其間有分爲大小兩種《胡笳曲》的過程（始於西晉），唐代以後又有從單純器樂曲到伴奏曲的發展過程。從中知道，十八拍的《胡笳曲》產生在盛唐董庭蘭以後，而不是蔡文姬時代。二是考古學資料，例如敦煌文獻所記的《胡笳十八拍》和《淳化秘閣法帖》所記的《胡笳十八拍》的若干字句。根據這些資料，唐代流行的《胡笳十八拍》是《大胡笳十八拍》，即劉商作辭的《胡笳十八拍》；舊題蔡琰的《小胡笳十八拍》，是直到宋初纔有明確的文字記載的。三是民間遺存的資料，例如今天所能見到的三十八份《胡笳》琴譜。這些琴譜可以分爲三個系統：一是題作《小胡笳》的系統，四段的結構，和中唐的記載相同；二是題作《大胡笳》的系統，它往往按劉商的辭意列標題，是唐代《大胡笳十八拍》的遺存；三是題作《胡笳十八拍》的系統，它其實只是《小胡笳十八拍》，因爲它按「緊五慢一」定弦，調式和《小胡笳》相同。作者認爲：人們所爭論的《胡笳十八拍》，只是《小胡笳十八拍》；它在中唐時候只有四段，到五代纔完成十八段的結構。根據目錄書的記載，它的作者是南唐人蔡翼，而不是漢魏之際的蔡琰。《研究》「琴歌」章的這一考訂，是相當有說服力的。

以上是我讀《隋唐五代燕樂雜言歌辭研究》的粗略感受。說實在的，由於自己對音樂知識的瞭解甚少，所談未必能正確傳達出《研究》的精髓。但這一部著作給人的啓示是很多的，比如上文所談到的《胡笳十八拍》的考訂，便表明此書在論述問題時非常重視文物資料和民間遺存。關於這種文獻、文物、遺存資料作三重論證的方法，書中有另一個例子：爲了說明大曲的音樂結構，作者引用了新疆木卡姆與之印證，肯定了西安鼓樂同唐大曲「散——慢——快」形式結構的對應。此外，作者還能在充滿矛盾的現象中敏銳地揭示事物的本質，甚至常常把揭示矛盾作爲研究的開端。比如作者指出：在岸邊成雄那裡，「一方面把十部伎、三大舞等等當作雅樂，一方面又把它們（「大樂伎」）歸入俗樂，是有矛盾的。」（二五頁）正是在這一起點上，作者一步步地揭示了燕樂與俗樂之間的對立統一關係。

《唐方鎮文職僚佐考》訂補

鳳翔

陳君奕　大和九年——會昌元年

崔彥溫　《唐代墓誌彙編》二三六三頁《崔彥溫墓誌銘》：「年俯廿，鳳翔節度使陳公知之，奏授試衛佐，充節度推官，君謝而不就。」按，墓主大中十一年四十三而卒，陳公者必陳君奕。

時間待考

張　《唐代墓誌彙編》二四三九頁《張氏墓誌銘》：「曾王父爲監察裏行鳳翔節度巡官，贈禮部郎中。」

邠寧

時間待考

呂德俊　《唐代墓誌彙編》一七五四頁《呂德俊墓誌銘》：「才因時選，佐陳琳之幕府，特拜明威將軍、左驍衛中郎將、邠寧節度要籍，允諮謀也。」

盧戎　《唐代墓誌彙編》二三九六頁《盧氏室女墓銘》：「父諱戎，皇朝邠寧節度推官兼監察御史，今所歸葬，實先君之墓次。」

涇原

時間待考

崔景裕　《唐代墓誌彙編》二〇一三頁《崔黃佐墓誌銘》：「至元和十一年，有季弟皇諫議大夫備之子，前涇州從事曰景裕，詩禮本於庭訓，孝敬出乎家風。」

盧逢時　《唐代墓誌彙編》二四〇〇頁：「夫人故涇州從事盧端公逢時之妻，碣□伯姊之女也。」

鄜坊

劉礎　會昌三年——大中元年

韋遇　《唐代墓誌彙編》二二六〇頁《何氏墓誌》，鄜坊丹延等州節度掌書記監察御史裏行韋遇撰。《誌》云：「押衙公文以大中元年丁卯歲十月癸巳朔二日甲午□□□□□之。」吳廷燮《唐方鎮年表》大中元年闕，疑爲校寫之誤，大中元年當爲劉礎，韋即其幕僚。

朔方

牛仙客　開元二十四年——開元二十八年

慕容　《唐代墓誌彙編》一四五八頁《唐朔方軍節度副使金紫光祿大夫行光祿卿上柱國五原公燕王慕容公故妻太原郡夫人武氏墓誌銘并序》，「以廿四年景子歲十月三日己酉遷窆于涼城。」按，慕容公此前當亦在信安王褘幕下爲副使。

張齊邱　天寶五載——天寶九載

論　《唐代墓誌彙編》一七六六頁《李良金墓誌銘》：「時朔方節度副使論公遇公而置之幕下，爾後出奇破敵，勘難計功，廿年間，累有遷敗……以大曆三年七月十一日奄終於河中府。」由大曆三年上推二十年，則爲天寶中。

宣武

時間待考

鄭汶　《唐代墓誌彙編》二三七三頁《鄭氏墓誌銘》：「祖諱汶，皇監察御史宣武軍節度掌書記賜緋魚袋。」墓主葬期：大中十三年。

忠武

韓皋　元和八年——元和九年

盧士瓊　《唐代墓誌彙編》二〇九八頁《盧士瓊墓誌銘》：「韓尙書代爲留守，請君如初。尙書節將陳許，奏充觀察判官，得監察御史。」據《舊紀》，韓皐由東都留守充忠武軍節度使，韓尙書即韓皐。

感化

崔彥曾　咸通七年——咸通九年

李棁　《考古》八六年五期《唐故徐宿濠泗觀察判官試大理評事兼監察侍御史李府君（棁）墓誌銘》：「崔大夫彥曾廉問徐方，精擇僚佐以自貳，及受命捧詔書從騎吏拜起君於里舍，遂以觀察判官辟，奏授試大理評事兼監察御史。」按，拙《考》依《新唐書・崔彥曾傳》，此據《墓誌》補。

支詳　乾符六年——中和元年

吳廷隱　《唐代墓誌彙編》二四九六頁《支訥墓誌銘》：「公仲弟詳見任武寧軍節度使……廷隱竊蒙大彭尙書拔於丘仞。」撰者稱：門吏武寧軍節度掌書記前鄉貢進士吳廷隱。其爲支詳幕僚。

時間待考

張信　《唐代墓誌彙編》二二八二頁《張信墓誌銘》：「移府於鄆……自滄洎徐，六年三徙。」

平盧

時間待考

張炅　《唐代墓誌彙編》一七七六頁《張炅墓誌銘》：「又拜貝州司士參軍，尋改瀛州平舒縣令兼平盧節度判官，轉魏州頓丘縣令。」

河陽

烏重胤　元和五年——元和十三年

李玄質　《唐代墓誌彙編》二〇四一頁《李氏墓誌銘》，從叔前河陽節度巡官前試太常寺協律郎玄質撰，墓主葬期：元和十四年五月。則李玄質當爲烏重胤幕僚。

時間待考

鄭□　《唐代墓誌彙編》二三五六頁《鄭□墓誌銘》：「府移孟津，遷侍御史，爲營田副使，知懷州事，賜五品章服。」據《誌》，鄭君貞元七年生，大中十年卒。

陝虢

于頔　貞元十三年——貞元十四年

崔稃　《唐代墓誌彙編》二〇一八頁《崔稃墓誌銘》：「經明上等，釋褐參陝州大都督府軍事。時則相國于公坐棠而賦政，分陝以按俗，用嚴重皦察，振其網條，風行藩宣，火烈威令。一見異公之材，引爲府推官……俄而于公受鉞於漢南，崔公淙由左馮翊實爲交代，鑽仰才度，用之如不及。秩滿，假公爲垣邑長。」

崔琮 貞元十四年——元和元年

崔稃　《唐代墓誌彙編》二〇一八頁《崔稃墓誌銘》：「經明上等，釋褐參陝州大都督府軍事。時則相國于公坐棠而賦政，分陝以按俗，用嚴重皦察，振其網條，風行藩宣，火烈威令。一見異公之材，引爲府推官……俄而于公受鉞於漢南，崔公淙由左馮翊實爲交代，鑽仰才度，用之如不及。秩滿，假公爲垣邑長。」

裴寅 咸通元年

李棁　《考古》八六年五期《唐故徐宿濠泗觀察判官試大理評事兼監察侍御史李府君（棁）墓誌銘》：「登進士籍，以秘書省校書郎觀察推官，從裴大寅於陝虢府，裴公移旆於江西，又以君爲支使，轉太常寺協律郎。」按，《唐方鎮年表》咸通元年至六年闕，此據《李棁墓誌》補。

府主待考

任茂弘　《唐代墓誌彙編》二五二四頁《任茂弘墓誌銘》：「懿宗皇帝之五年……後

六年，選授陝州靈寶尉，秩滿，廉使以公蘊不羈之才，署觀察衙推，□委□難前後縶維八載。」按，懿宗五年之後六年，當咸通十一年，又爲尉秩滿，依常例已是乾符元年，其後又云爲幕僚八載，則從乾符元年至廣明二年，任茂弘事陸墉、崔碣、楊損、高潯、盧渥數府主。

河東

狄兼謨　開成三年——開成五年

韋　《唐代墓誌彙編》二一九六頁《鄭當墓誌銘》，外甥前河東節度推官試秘書省校書郎韋□撰，墓主葬期：開成五年三月。撰人結銜稱前推官，疑韋某爲狄兼謨僚佐。

崔季康　乾符五年——乾符六年

石裕　《資治通鑑》卷二五三乾符六年：「河東軍至靜樂，士卒作亂，殺孔目官石裕等，壬申，崔季康逃歸晉陽。」

昭義

時間待考

屠軫　《唐代墓誌彙編》二四九八頁《屠府君夫人賀氏墓誌銘》：「府君諱□，金城人也。……祖諱軫，節度表狀孔目官兼同節度副使、澤州長史、檢校太子賓客、上柱國、賜金魚袋；伯諱珪，節度要籍登仕郎、試右金吾衛長史右補充節度遂要。」

屠珪　同上。

朱禼　《隋唐五代墓誌彙編》河南卷《朱清墓誌》：「諱禼，皇正議大夫檢校戶部郎中昭義行軍司馬。」

義昌

盧彥威　光啟二年——光化元年

李道樞　《唐代墓誌彙編》二五二六頁《劉氏墓誌銘》：「外族姑臧李氏……親舅道樞，見任義昌軍節度副使。」墓主葬期：景福二年八月。

侯濬川　《唐代墓誌彙編》二五二六頁《劉氏墓誌銘》，族生攝節度判官將仕郎監察御史裏行賜緋魚袋侯濬川撰。參上。

府主待考

劉南仲　《唐代墓誌彙編》二三六四頁《馮廣清墓誌銘》，鄉貢進士節度隨軍劉南仲製，墓主一男爲義昌軍節度驅使，再婚曹氏，大中元年終于滄州，撰人劉南仲當爲義昌節度隨軍。大中元年前後吳《表》闕。

時間待考

劉陟　《唐代墓誌彙編》二五二六頁《劉氏墓誌銘》：「祖陟，皇任義昌軍節度參謀、殿中侍御史、內供奉、上柱國。」

幽州

張守珪　開元二十一年——開元二十七年

白慶先　《唐代墓誌彙編》一四四四頁《白慶先墓誌銘》：「御史中丞兼幽府長史張守珪知君誠懇，奏充判官。」

趙含章　開元十八年——開元二十年

杜孚　《唐代墓誌彙編》一四〇四頁《杜孚墓誌銘》：「開元中，幽州節度趙含章特相器重，引攝漁陽兼知判營田……而趙將軍凱奏未畢，誹書縱橫。功歸廟堂，身繫下獄。」

張公素　咸通十三年——乾符二年

張從嗣　《唐代墓誌彙編》二四六〇頁《閻好問墓誌銘》：「女二人，長適幽州討擊副使張從嗣。」墓主葬期：咸通十四年。

閻處暐　《唐代墓誌彙編》二四六〇頁《閻好問墓誌銘》：「有子六人：長處暐，討擊副使……次處實，討擊副使。」墓主葬期：咸通十四年。

閻處實　同上。

時間待考

袁仁爽　《唐代墓誌彙編》一五四四頁《袁仁爽墓誌銘》：「又拜陝郡忠孝府折衝都尉，仍充幽州經略軍副使……以天寶元年十二月一日，葬於洛陽之東原。」

山南東道

時間待考

李文冏　《唐代墓誌彙編》二四〇〇頁《李氏墓誌銘》：「隴西李夫人即河内公禧之六代孫也……□文冏，大理評事襄州節度推官。」墓主葬期：咸通四年五月。

盧賞　《唐代墓誌彙編》二五三〇頁《盧峻墓誌銘》：「祖諱賞，襄陽節度判官。」墓主葬期：乾寧元年六月。

殷　《全唐文》卷四九一權德輿《送司門殷員外出守均州序》：「君嘗佐廉問於漢南，會是邦缺守，乘傳權領。」

荊南

時間待考

張玠　《唐代墓誌彙編》二二八〇頁《張氏墓誌銘》：「皇漢州什邡縣尉，江陵節度巡官玠之女。」墓主葬期：大中四年十月。

歸義

張維深　**大中七年——大順元年**

張景球　《唐代墓誌彙編》二五二二頁《張維深墓誌銘》：「府君洎大中七載便任敦煌太守，理人以道……公以大順元年二月廿二日殞薨於本郡。」撰人：節度掌書記兼御史中丞柱國賜緋魚袋張景球。

張球　伯三二八八《歸義軍節度馬步都虞候銀青光祿大〔夫〕檢校太子賓客兼監察御史上柱國張懷政邈真贊并序》，撰人：節度判官宣德郎□御史中丞清河張球。

張　伯二五六八《南陽張延綬別傳》，撰人：河西節度判官權掌書記朝議郎兼御史中丞柱國賜緋魚袋張□。有「于時大唐光啓三年閏十二月十五日傳記」語。

蘇翬　伯四六六〇掌書記蘇翬。

王錫　伯四六四六《頓悟大乘正理訣敘》前，署「前河西觀察判官朝散大夫殿中侍御史王錫撰」。

張敖　伯三五〇二號背有「河西節〔度使〕掌書記試太常寺協律郎張敖撰」。伯二六四六《新集吉凶書儀上下兩卷》，「河西節度掌書記儒林郎試太常寺協律郎張敖撰」。

張承奉

李弘願　伯四四七〇「乾寧二年三月十日弟子歸義軍節度使張承奉副使李弘願。」

淮南

杜悰　大中六年——大中九年

沈中黃　《唐代墓誌彙編》二三一三頁《沈師黃墓誌銘》，仲兄前淮南營田巡官文林郎試大理評事中黃撰。墓主葬期：大中八年八月。《誌》云：「其仲兄中黃自淮楚至，號泣於前。」則沈中黃當由離淮南巡官任奔弟喪。

高駢　乾符六年——光啟三年

衛　《唐代墓誌彙編》二五一七頁《衛氏墓誌銘》：「夫人仁昆淮南節度衙推、諸軍都糧料使、朝議郎、行海陵縣丞、賜緋魚袋，器質端雅。」墓主葬期：光啓二年六月。

時間待考

張進金　《唐代墓誌彙編》一九五四頁《張寧墓誌銘》：「父進金，皇驃騎大將軍……職署淮南節度副使，總行營戎幕。」

浙東

李褎
孫琩　大中三年——大中六年

《唐代墓誌彙編》二二八九頁《孫公乂墓誌銘》：「第四子琩，登進士第，以校書郎爲浙右從事。」墓主葬期：大中五年七月。

宣歙

陳少遊
劉太真　大曆元年——大曆五年

《全唐詩》卷二五二劉太真《宣州東峰亭各賦一物得古壁苔》：按，同賦者有崔何、王緯、李岑、蘇寓、袁邕、郭澹等八人，裴度《劉府君神道碑銘并序》：「除服，浙東觀察使陳少遊虛右職而勤請焉，公以陳之鎮宣城也，實厚于諫議府君，歲時禮遺不絕于道，乃從之，奏授監察御史，及陳之移鎮揚州，又爲節度判官。」據此，劉太真似又爲陳之宣歙幕僚，并帶憲銜監察御史，劉在幕中以其文才得陳少遊賞愛，顏真卿《浪跡先生玄真子張志和碑銘》：「陳公少遊聞而謁之……旌曰回軒巷，仍命評事劉太真爲敘，因賦柏梁之什，文士詩以美之者十五人。」回軒巷唱和詩不存，而宣州東峰亭唱和詩卻讓我們領略少遊幕中文人唱和的盛況。崔何諸公尚不能考定是否爲陳少遊幕僚。

裴鄆　開成二年——開成三年

杜牧　杜牧《上宰相求湖州第二啓》：「文宗皇帝改號初年……至二年間……其年秋末，某載病弟與石生自揚州南渡，入宣州幕。」杜牧兩入宣州幕。

江西

李兼　貞元元年——貞元六年

袁　《全唐文》卷四九一權德輿《送袁中丞持節冊回鶻序》：「又嘗與中丞爲江西從事，辱命內引，所不敢辭。」權德輿是時爲兼從事。

裴寅　咸通二年

李棁　《考古》八六年五期《唐故徐宿濠泗觀察判官試大理評事兼監察侍御史李府君（棁）墓誌銘》：「登進士籍，以秘書省校書郎觀察推官，從裴大夫寅於陝虢府，裴公移旆於江西，又以君爲支使，轉太常寺協律郎。」

湖南

李裕　廣明元年——中和元年

盧陟　《唐代墓誌彙編》二五一二頁《戴氏墓誌銘》，前湖南團練判官檢校戶部郎中賜緋魚袋盧陟述。墓主葬期：大中四年十月。疑其爲李裕幕僚。

劍南西川

路巖　咸通十二年——咸通十四年

郭籌　《資治通鑑》卷二五二：「西川節度使路巖，喜聲色遊宴，委軍政事於親吏邊咸、郭籌，皆先行後申，上下畏之。」

崔安潛　乾符五年——廣明元年

師讓言　《唐代墓誌彙編》二四九九頁《師弘禮墓誌銘》：「子二人，長曰讓言，前西川節度衙推、試太常寺協律郎。」墓主葬期：廣明元年四月。讓言似爲安潛幕佐。

嶺南東道

時間待考

劉初　《唐代墓誌彙編》二一九九頁《劉氏墓誌銘》：「祖諱初，皇試大理評事，從事南海，爲觀察判官。」墓主葬期：開成五年六月。

盧寓　《唐代墓誌彙編》二三一七頁《盧當墓誌銘》：「考諱寓，試大理評事、嶺南節度推官。」墓主葬期：大中九年二月。

靜海

趙昌　貞元七年——貞元十八年

范奕　《唐代墓誌彙編》一九四四頁《范奕墓誌銘》：「尋任桂州臨桂令，秩滿，守本官充安南從事。以貞元十一年五月三日，終於交州龍興精舍。」

安西四鎮

封常清　天寶十一載——天寶十四載

崔克讓　《唐代墓誌彙編》一七一六頁《崔克讓墓誌銘》：「府君少閑書劍，投筆從戎，爲安西副大使來公所重，隨在戎幕，推誠心腹，于茲累載。」來公，當即來瑱，時爲行軍司馬。

時間待考

張遊藝　《唐代墓誌彙編》一九二四頁《張遊藝墓誌銘》：「幼以經術昇第，由涼州番禾主簿膺辟于安西，以參節制之畫，授相州臨河尉，當天寶之中，方鎮雄盛……」

附考

于申　《唐代墓誌彙編》一八七六頁貞元《于申墓誌銘》：「凡一賓戎幕，一掾京邑，四執憲簡，一入文昌。」

趙涉　《唐代墓誌彙編》二三九四頁咸通《趙璜墓誌銘》：「王父諱涉，進士擢第，累佐藩府。」

薛纁　《唐代墓誌彙編》二五〇一頁廣明《柳延宗墓誌銘》，前天雄軍節度判官檢校國子博士侍御史薛纁撰并書。

崔密　《舊唐書》卷一一七《崔寧傳》：「寧季弟密，密子繪，父子皆以文雅稱，歷使府從事。」

崔繪　《舊唐書》卷一一七《崔寧傳》：「寧季弟密，密子繪，父子皆以文雅稱，歷使府從事。」

崔蠡　《舊唐書》卷一一七《崔寧傳》：「蠡字越卿，元和五年擢第，累辟使府。」

崔珙　《舊唐書》卷一七七《崔珙傳》：「以書判拔萃高等，累佐使府。」

路群　《舊唐書》卷一七七《路群傳》：「群字正夫，既擢進士，又書判拔萃，累佐使府。」

路季登　《舊唐書》卷一七七《路巖傳》：「祖季登，大曆六年登進士第，累辟諸侯府。」

附記：

拙著《唐方鎮文職僚佐考》一九九四年一月由天津古籍出版社出版後，自己在讀書時遇有相關資料隨時記下，依拙著體例疏列如上，以後當再續補。劉詩平先生在評介拙著時，提出了很好的意見（見《唐研究》第一卷，北京大學出版社一九九五年十二月），謹誌謝意。

國家圖書館出版品預行編目資料

唐代文學研究叢稿

戴偉華/著.— 初版.--- 臺北市：臺灣學生，1999 [民 88]
面；公分

ISBN 957-15-0944-2 (精裝)
ISBN 957-15-0945-0 (平裝)

1.中國文學 – 唐(618-907) – 評論

820.904　　88004122

唐代文學研究叢稿（全一冊）

著作者：戴偉華
出版者：臺灣學生書局
發行人：孫善治
發行所：臺灣學生書局
臺北市和平東路一段一九八號
郵政劃撥戶：〇〇〇二四六六八號
電話：(〇二)二三六三四一五六
傳真：(〇二)二三六三六三三四
本書局登記證字號：行政院新聞局局版北市業字第捌玖壹號
印刷所：宏輝彩色印刷公司
中和市永和路三六三巷四二號
電話：二二二六八八五三

定價：精裝新臺幣二一〇元
平裝新臺幣一四〇元

西元一九九九年四月初版

82507

ISBN 957-15-0944-2 (精裝)
ISBN 957-15-0945-0 (平裝)

臺灣 學生書局 出版

中國文學研究叢刊

❶ 詩經比較研究與欣賞　裴普賢著
❷ 中國古典文學論叢　薛順雄著
❸ 詩經名著評介　趙制陽著
❹ 詩經評釋(全二冊)　朱守亮著
❺ 中國文學論著譯叢　王秋桂著
❻ 宋南渡詞人　黃文吉著
❼ 范成大研究　張劍霞著
❽ 文學批評論集　張　健著
❾ 詞曲選注　王熙元等編著
❿ 敦煌兒童文學　雷僑雲著
⓫ 清代詩學初探　吳宏一著
⓬ 陶謝詩之比較　沈振奇著
⓭ 文氣論研究　朱榮智著
⓮ 詩史本色與妙悟　龔鵬程著
⓯ 明代傳奇之劇場及其藝術　王安祈著
⓰ 漢魏六朝賦家論略　何沛雄著
⓱ 古典文學散論　王安祈著
⓲ 晚清古典戲劇的歷史意義　陳　芳著
⓳ 趙甌北研究(全二冊)　王建生著
⓴ 中國兒童文學研究　雷僑雲著
㉑ 中國文學的本源　王更生著
㉒ 中國文學的世界　前野直彬著，龔霓馨譯
㉓ 唐末五代散文研究　呂武志著

㉔	元代新樂府研究	廖美雲著
㉕	五四文學與文化變遷	中國古典文學研究會主編
㉖	南宋詩人論	胡　明著
㉗	唐詩的傳承—明代復古詩論研究	陳國球著
㉘	中外比較文學研究　第一冊(上、下)	李達三、劉介民主編
㉙	文學與社會	中國古典文學研究會主編
㉚	中國現代文學新貌	陳炳良編
㉛	中國古典文學研究在蘇聯	(俄)李福清著，田大長譯
㉜	李商隱詩箋釋方法論	顏崑陽著
㉝	中國古代文體學	褚斌杰著
㉞	韓柳文新探	胡楚生著
㉟	唐代社會與元白文學集團關係之研究	馬銘浩著
㊱	文轍(全二冊)	饒宗頤著
㊲	二十世紀中國文學	中國古典文學研究會主編
㊳	牡丹亭研究	楊振良著
㊴	中國戲劇史	魏子雲著
㊵	中外比較文學研究　第二冊	李達三、劉介民主編
㊶	中國近代詩歌史	馬亞中著
㊷	近代曲學二家研究—吳梅・毛季烈	蔡孟珍著
㊸	金元詞史	黃兆漢著
㊹	中國歷代詩經學	林葉連著
㊺	徐霞客及其遊記研究	方麗娜著
㊻	杜牧散文研究	呂武志著
㊼	民間文學與元雜劇	譚達先著
㊽	文學與佛教的關係	中國古典文學研究會主編
㊾	兩宋題畫詩論	李　栖著

⑤⓪ 王十朋及其詩 鄭定國著
⑤① 文學與傳播的關係 中國古典文學研究會主編
⑤② 中國民間文學 高國藩著
⑤③ 清人雜劇論略 黃影靖著，黃兆漢校訂
⑤④ 唐伎研究 廖美雲著
⑤⑤ 孔子詩學研究 文幸福著
⑤⑥ 昭明文選學術論考 游志誠著
⑤⑦ 六朝情境美學綜論 鄭毓瑜著
⑤⑧ 詩經論文 林葉連著
⑤⑨ 傣族敘事詩研究 鹿憶鹿著
⑥⓪ 蔣心餘研究（全三冊） 王建生著
⑥① 眞善美的世界—高中高職國文賞析 戴朝福著
⑥② 何景明叢考 白潤德著
⑥③ 湯顯祖的戲曲藝術 陳美雪著
⑥④ 姜白石詞詳注 黃兆漢等編著
⑥⑤ 辭賦論集 鄭良樹著
⑥⑥ 走看臺灣九〇年代的散文 鹿憶鹿著
⑥⑦ 唐賢三體詩法詮評 王禮卿著
⑥⑧ 清初前期話本小說之研究 徐志平著
⑥⑨ 文心雕龍要義申說 華仲麟著
⑦⓪ 楚辭詮微集 彭　毅著
⑦① 習賦椎輪記 朱曉海著
⑦② 韓柳新論 方　介著
⑦③ 西崑研究論集 周益忠著
⑦④ 唐代文學研究叢稿 戴偉華著

本書收入作者有關唐代文學研究的論文八篇，其中包括在大文化背景之下對作家創作的探討和考辨、在宏觀視野下對研究領域拓展的思考和在方法上所作的富有成效的努力，頗多創獲，可供學者專家研讀參考。

封面設計：黃仕光　　紉秋蘭以為佩題字：臺靜農先生　　封面圖案提供：普愛數位科技

ISBN 957-15-0945-0